KB183475

반려견의 죽음과
그 뒤에 찾아온
신비로운 이야기

슬픔에도 사랑이

김희정 지음

청어

슬픔에도 사랑이

반려견의 죽음과
그 뒤에 찾아온 신비로운 이야기

김희정 지음

책을 출간하며

이 책의 내용은 17년을 넘게 함께했던 반려견 쌤을
하늘나라로 보낸 뒤, 눈물로 보내던 나에게
쌤의 영혼이 기적처럼 찾아온 감동의 실화이다.

이 책의 주인공은 태어난 지 1~2개월 지난
2003년 3월 3일에 우리 곁에 왔으며,
우리 가족은 이 한없이 사랑스러운
강아지를 '쌤'이라 불렀다.
이후 17년 7개월 21일이란 세월을 함께하다
2020년 10월 24일 새벽 5시에 우리 곁을 떠났다.

이 글은 반려견 쌤을 하늘나라로 보낸 뒤,
그 이후에 벌어지는 신비스러운 체험들을 기록한 것으로
당시에 내가 한없는 슬픔 속에서 쌤으로 인해
위로받았던 그때 그 감정을 그대로 썼다.

또 이 책의 내용은 우리 쌤이 살아있을 때보다는
우리 곁을 떠난 뒤의 이야기들이 더 많다.

이 글을 누구에게 보여주기 위해 쓴 것이 아니다.
하지만 나 혼자 간직하기엔 너무나 가슴이 뛰었다.
그러기에 나는 이 글을 통해 내가 경험했던 신비로운 일들을
공유하고 싶어서 이 글을 썼다.

누구나 함께했던 자식 같은 반려견을 보내고 나면
얼마나 상심이 크고 슬픈지
하루하루 절망 속에서 지내온 사람들도 있을 것이기에
이 책은 슬퍼하는 그들에게는 큰 위로가 될 것이다.

또 이 글에서
그는 엄마가 슬퍼할 때, 내 곁에서 어떻게 위로해 줬는지
꿈속을 통해 가족을 만나러 와 어떤 메시지를 줬는지
그의 영혼은 언제 왜 엄마의 무릎으로 올라오게 되었는지,
또 그의 에너지와 향수는 내가 어떻게 느꼈는지
또 자신이 언제쯤 떠나야 하는지 알려준 일에 대한
신비한 체험들을 사실 그대로 썼다.

그는 떠나면서 집의 어려운 문제를 해결해 주었고,
앞으로 또 가족이 어떻게 살아야 하는지도 걱정하였다.
그것을 나중에 참으로 신비한 체험들로 알게 되었을 때,
쌤의 사랑이 얼마나 큰지
또 가족을 얼마나 사랑하는지도 알게 되면서
나는 눈시울이 뜨거워져 감동의 눈물을 흘리고 말았다.

지독히 아픈 슬픔 속에서 우리는 이렇게 함께하였고,
나는 쌤의 사랑을 잊지 않고
10년 후 20년 후에도 이 글을 읽으며,
언제나 쌤과 함께 할 것이다.

우리는 자기 반려견을 보내고 슬픔을 감추고 살아가지만,
이 글에선 슬픔을 감추지 않고 그때 감정 그대로 표현했으며
반려견의 죽음을 내색하지 않는 이들의 슬픔이 얼마나 큰지
이 글을 읽으면서 함께 공감할 것이다.

이 책은 이미 반려견을 보냈거나
현재 반려견과 함께하고 있는
이들이 공유했으면 한다.

－ 봄의 뜨락에서 뛰어노는
쌤을 그리며
김희정

차례

제2부
쌤과의
에너지 접촉

제3부

쌤의 2번째 기일을 맞아

제4부

성숙해진
슬픔

제1부

쌤과의 이별

목소리

2020년 6월 어느 날 밤 나는 이상한 꿈을 꾼다.
꿈속에서 사람은 보이지 않고 목소리만 들렸다.

"당신의 강아지가 많이 아파요."
"당신의 강아지가 많이 아파요."

큰소리로 2번을 외쳤다.
깜짝 놀라 깨긴 했지만 누가 나에게 말을 하는지
알 수가 없었고 어쩌면 이것은
꿈이 아닌 허공에서 들려오는 것도 같았다.

보름쯤 지난 어느 날 밤

"당신의 강아지가 많이 아파요."
"당신의 강아지가 많이 아파요."

또다시 2번을 크게 외치는 소리가 들렸다.
나는 또 깜짝 놀라 잠에서 깨어났지만
사람은 보이지 않고 이번에도 허공에서
그 목소리만 쩌렁쩌렁했다.

그러나 이런 놀라운 일들은
그때 나로선 이해하기란 정말 어려웠고,
그렇다고 누구에게도 말할 수 있는 것이 아니었기에
그 이상함에 고개를 갸우뚱하면서도 또다시 무시해 버렸다.

그 후 시간이 지나자, 우리 쌤이 아프기 시작했고
그것은 누군가 실재하는 목소리였다는 걸 알게 되었다.
그때 얼굴 없이 목소리로 아프다고 알려주는 이는 누구였으며,
누구길래 우리 쌤을 이리 신경을 쓰고 있을까.

그땐 몰랐지만 어떤 예지몽은 아니었을까.
병원에 갔지만(심장병) 이미 늦었다는 의사 선생님 말씀에
쌤을 바라보는 심정은 너무도 미안했고
나는 뒤늦게 후회하고 있었다.

그때 허공에서 들려오는 그 목소리의 정체는
과연 누구였을까?

2020년 6월 29일

쌤이 떠나는 꿈

2020년 10월 초쯤
쌤이 하늘나라로 가기 전, 20일 정도 되었을 때다.

나는 꿈을 꾸었는데,
그때 쌤이 아플 때였고,
쌤과 밖에서 항상 그렇듯 행복하게 산책 중이었다.

그런데 갑자기 어느 젊은 부부가 다가오더니
말도 없이 여자가 쌤을 안고 뒤돌아보지도 않고
가고 있는 것이 아닌가?
그러는 쌤은 안가겠다고 발버둥 치고 있었고,
나는 이 모습이 너무도 황당해 깜짝 놀라 꿈에서 깼다.

이게 뭘까?
왜 이런 꿈을 보여주는 것일까?
놀란 가슴은 여전히 진정되지 않은 채,
나는 어두운 방에 멍하니 앉아 생각했다.

아마도…
쌤이 하늘나라로 갈려고
나에게 계시를 주고 있나 보다.

나는 자고 있는 아픈 쌤을 어루만지니

목이 메어오고…

앞으로 다가올 일들이 두려웠다.

그것은 슬픔의 시작이었다.

2020년 10월 4일

쌤과의 이별

2020년 10월 24일 새벽 5시
쌤은 우리 곁을 떠나갔다.

그동안 나는 침통한 심정으로
아픈 쌤과 함께 고시텔로 출퇴근하면서 돌보았지만
어떤 묘안도 찾지 못했다.
그러나 오늘 내 가슴은
아주 예민하고 색다른 슬픔을 감지한다.
쌤의 떨림이, 깊은 숨결이 한 몸인 듯
그의 아픔이 나에게로 전달되는 것을 느낀다.

이런 아주 묘한 슬픔의 느낌에는
쌤이 다시는 오지 못할 거라는 걸 느끼게 되면서
이렇게 저린 듯한 아픔 속에서 오늘 밤 나는
쌤을 실은 캐리어를 밀며
함께 집으로 가는 길에 목이 메어오지만
쌤이 들을까 눈물을 감춘다.

'쌤아, 어떻게 하니?
엄마는 너를 보낼 준비가 아직 안 되었는데…'
나는 이 말을 되뇌며 끝내 참지 못하고

길에 서서 울고 말았다.

집에 돌아와 보니 벌써 밤은 깊어가지만
혹 오늘이 우리의 마지막 날은 아닐까 그런 생각에
또다시 담요에 쌤을 감싸 안고
그동안 정들었던 동네 한 바퀴를 돈다.

이 심정이야말로 한 번도 경험해 보지 못한
큰 슬픔이기에 뼈 마디마디에 눈물이 고이는 듯 아프다.
집에 돌아와 변함없이 쌤의 팔과 다리를 주물러주며
두 손을 꼭 잡으며 사랑을 전한다.

"쌤아… 지금은 추우니 꽃피는 따뜻한 봄에 가면 어떨까?
엄마는 그때 우리 쌤을 하늘나라로 보냈으면 좋겠어."

그렇게 말하는 나는 눈물이 고이고
듣고 있던 쌤은 힘없는 몸으로 고개를 들어
엄마를 빤히 바라보고 있었는데…
그 때꾼한 눈에는 눈물이 그렁그렁하며
무언가 나에게 전하고 싶은 듯 보였다.

어쩌면 마지막 인사였을까.
엄마를 바라보는 눈빛이 예전과 달랐고,
우리는 서로 애처로운 듯 슬픈 눈을 바라본다.

이런 순간을 마주하는 나는
이미 엄마이기에 알아차리게 되면서
너무 슬퍼 또다시 울고 싶었지만,
쌤 앞에서 이 울음을 삼키고 있었다.

그러면서도 지금, 이 상황들을 받아들이기 힘들고
사랑하는 내 아이를 어찌 혼자 보내야 하는지도 겁이 났다.
또 이 절박하고 당혹스러움 속에서 내가 지금 무엇을
해야 할지도 모르겠고, 그러기에 지금 이런 시간을
너무 두려워서 인정하고 싶지 않았는지도 모른다.

그러나 나는 너무도 두려운 슬픔 속에서 오늘 밤
쌤을 다독다독 재운다.
그리고 나도 옆에서 잠이 들었나 보다.

이런 시간이 얼마나 흘렀을까.
쌤이 텔레파시로 엄마를 급히 깨우면서 나는
예지몽을 꾼다.

갑자기 주위가 크게 부각되면서 환하게 밝아졌다.
높은 모래 언덕이 내 앞에 펼쳐지더니
그 가운데에 내가 서 있는 것이 보였다.
그러면서 모래가 바람에 휘몰아치는데
그 모래들이 내 입으로 빨려들었다.
나는 숨이 막혀 더 이상 숨 쉴 수 없는 상태에 이르러올 때,

영화 같은 한 장면이 나오며 스쳐 지나간다.

내가 운영하는 고시텔에서 속 썩이는 24번 방(그 사람)이었다.
모래 언덕에 서서 나의 왼쪽 팔을 만지고 있는 것이 아닌가.
'이 재수 없는 놈이 왜 지금 보이는 거야?'
의아해하면서, 죽음의 고통을 느끼며 나는 숨이 막혀
소스라치게 놀라서 잠에서 깼다.

그제야 내가 잠을 오랫동안 잤다는 걸 인식하였고
나는 자책하면서 얼른 쌤을 안았지만,
쌤은 기력을 모두 잃고 어느덧 하늘나라로 갈 준비를 하고
커다랗고 슬픈 눈망울로 엄마를 바라봤다.

나는 큰 소리로 가족들을 깨웠다.
안은 지 얼마 되지 않아 쌤은 가쁜 숨을 몰아쉬더니
경련을 일으키며, 팔과 다리를 쭉… 뻗으며
내 품 안에서 아주 편안한 듯
영원히 잠들었다.

우리는 쌤을 그렇게 이 새벽에 떠나보내면서
나는 슬픔 속에 오래도록 목 놓아 울었고,
남편은 멍하니 서 있고, 아들도 눈물을 흘리며
쌤의 뜬 눈을 손으로 살며시 감겨주었다.

사망 시간 2020년 10월 24일 토요일 새벽 5시

이날은 공교롭게도 내 생일(음력 10월 24일)과
쌤의 사망 날짜와 같은 숫자이기도 했다.

2020년 10월 24일

쌤과 함께 보낸 편지 내용

쌤아
그동안 아빠 엄마 형아는 우리 쌤 때문에
정말 행복했어.
이제 너를 보내야 하는 우리는
말할 수 없이 슬프구나.

쌤아 정말 미안해.
좀 더 잘해주지 못해서.
우리 사랑하는 예쁜 쌤.
엄마 아빠 형아는 너를 잊지 않고
오래오래 기억해 줄게.

동생 복돌이 복순이(고양이)도 아마
너를 기억할 거야.
하늘나라에서는 아프지 말고
잘 지내고 있어.
나중에 우리 다시 만나자.
쌤아 사랑한다.

엄마가…

2020년 10월 24일

33

돌아가신 엄마 이야기

아침에 남편이 출근하고 나면
긴 나날 동안, 쌤과 함께했던 의자에 앉아
쌤 옷을 안고 하염없이 눈물 흘리며
나는 아직 그 먹먹함 속에 혼란스러운 나날을
보내고 있었다.

그러면서 또 때로는
내가 왜 이런 슬픈 감정 속에 있는지 알지 못했고
혹시 꿈을 꾸고 있는 것은 아닐까도 생각했다.
그런 과정에서 나는 또
이 고통스러운 꿈을 왜 이렇게 오랫동안 꿀까 하면서
누가 나를 제발 흔들어 깨워줬으면 했다.

꿈에서 깨고 싶은데 깨어지지 않을 때 가위눌린 것 같은
이런 고통은 정말이지 숨이 멎는단 말이 맞을 것이다.
정말 너무도 고통스러운 꿈에서 깨고 싶었다.
그렇게 아프고 슬픈 시기에
밤마다 나를 가만히 바라봐 주는 이가 있었는데,
그것은 바로 돌아가신 엄마였다.

알 수 없는 것은 아침이 되면 지난밤에

돌아가신 엄마가 항상 함께 있었다는 걸 알게 되었다.
딸이 슬퍼하는 것을 그저 묵묵히 지켜보면서
안쓰러운 듯 바라보는 엄마는
나에게 아무 말도 하지 않았고
언제나 그저 가만히 옆에서 보고만 계실 뿐이었다.

그런 아픈 시간이 얼마나 지났을까.
그렇게 딸을 가여운 듯 바라보던 엄마는
생각은 나지 않지만
언제부터인가 더 이상 보이지 않았다.

2020년 11월 11일

우리들의 전생일까

나는 쌤을 보내고 며칠 안 되어
이해할 수 없는 꿈을 꾼다.

어느 날 밤, 갑자기 꿈이 확 들어오더니
천연색으로 크게 부각되었다.
나는 어느 넓은 마을에 어디선가 본 듯한
계단을 내려가고 있었다.

나는 내려가면서 지금 누가 와 있는지도 아는듯했고
그 이름도 알고 있는듯했다.
그러면서 나는 조급한 발길을 재촉하지만
쌤은 아니다.

그런데 나는 왜 슬플까?
나는 계단을 내려가자 저만치에 있는
삽살개처럼 보이는 덩치가 큰 아이를 보고
"○○야~" 하고 내가 목이 멘 듯 부르니
그 아이는 내게로 뛰어와 내 품에 꼭 안긴다.
아마 이 아이도 나를 기다리고 있는듯했다.

그 순간이 얼마나 슬픈지 나는 흐느껴 울었고

우리는 서로 애틋한 감정을 느끼며 아주 오래전부터
이미 알고 있었던 것처럼 어떤 깊은 사랑이 느껴졌다.

지금 애틋한 감정들이 우리 쌤을 보낸 지금과도 같다.
슬픔 속에서 나는 그 털북숭이 아이를 안고
얼마나 울다 깨었는지 모른다.
그 아이는 좋은 듯 계속 내 품에 꼭 안겨있었다.

이 아이는 누구일까?
지금 쌤을 잃고 극도로 슬프고 예민한 이때
왜 이 아이의 꿈을 꿀까?
너무나 서로 친숙하면서도 끈끈한 정이 느껴지는 걸 보니
우리는 아주 오랜만에 만난 것 같았다.

이것은 또 한편으로는 슬픔의 눈물이 아닌
아주 오래도록 묻어있던 어떤 기다림 속에
기쁜 사랑의 눈물이기도 했다.

그는 누구길래…
왜, 이렇게도 슬픈 시기에 나를 찾아왔을까?

아마도 전생에 우리 쌤과 내가 아닐까?
꿈을 깨고 나서도 아쉬운 듯 눈물은 계속 난다.
이것은 현재는 알 수 없지만 무언가 나와 아주 오랜
전생으로 이어진 인연인지도 모르겠다.

너는 정말 누구였을까.

이 꿈은, 이 세상에서는 풀 수 없는 일이기도 하다.

2020년 11월 12일

쌤의 발걸음 소리
첫 번째

오늘도 일찍 일어났다.
쌤을 보내고 지금은 이런 시간에 익숙해 가고
이런저런 죄책감으로 새벽에 남편과 말다툼을 했다.
아니 내가 시비를 걸었다.

힘들 땐 때로는 어떤 대상이 필요하다는 걸
남편은 이미 눈치를 채며 말없이 내 어깨를 두드려준다.
그러면서도 남편 역시 이런 시간이 많이 힘들 텐데도
내 앞에서는 내색하지 않았다.

오늘 보니 쌤을 보낸 지 3주가 되어간다.
한 아이가 없는 집안은 이처럼 허전하며
이것은 너무나도 낯설었다.
싸늘한 겨울밤에 다 깊은 잠에 들어버린 것 같은 적막감은
내 인생에 처음 겪은 아주 슬픈 일이기도 했다.

이런 삶을 어찌 한 번도 생각한 적이 있던가.
그가 떠난 뒤에 이렇게 큰 아픔에 직면하게 될지
나는 차마 몰랐다.
그러나 이것이 어찌 나만의 일이겠는가.

나는 눈물 속에서
먼저 보낸 이들이 얼마나 아파했을지 가슴으로 느낀다.
그리고 지금 보내는 이들 또한 이제야 우리 모두는
그 슬픔이 얼마나 큰지 배우고 있는 것이다.
나는 울먹이며 우리 쌤 옷을 꼬옥 안았다.

그때였다.
내 앞에서 다다닥 다다닥 누군가 뛰어오르는
뒷발 소리가 났다.
순간, 나는 어… 하며 놀랐다.
너무도 익숙한 이 발걸음 소리…
우리 쌤 발걸음 소리라는 것을 금방 알 수 있었다.

그것은 그냥 엄마의 마음으로 느껴지는,
지난날 교감에서 오는 그 어떤 것이기도 했다.
17년이 넘게 들었던 자식의 발소리를 어찌 내가 모르겠는가.
우리 쌤이…
집에 있었다.

그러나 난 순간 당황했다.
분명히 쌤을 화장했고 또 그의 유골함이 집에 있지 않던가.
이 놀라운 현실에 나는 어리둥절하였지만,
그러나 이건 꿈이 아닌 현실이었다.
쌤은 분명… 내 곁에 있었다.

지금 이 소식은 너무도 좋은 일이지만
그 어떤 것도 나의 큰 슬픔을 멈추게 할 수는 없었다.
남편과 나는 우리 쌤이 어떻게 우리 곁에 있을까 하며
무슨 일인지는 모르지만,
우리 곁에 있으니 좋은 것이 아니겠냐며
나보고 힘을 내라고 했다.
오늘 새벽 남편은 나의 위로가 되어주고 있었다.

그러면서 우리 부부는, 쌤의 발소리를 들으며
그가 다시 살아있음을 고마워했다.

2020년 11월 13일

고양이를 통해 온 쌤

오늘 보니 쌤이 하늘나라로 간 지 22일 되었다.
저녁 한술을 혼자 뜨고 멍하니 앉아 여기저기 돌아보니
쌤이 없는 쓸쓸한 방에는 생기도 없어 보이고
이렇듯 집안의 모든 것이 멈춰 버린 듯
공허함만 맴돌고 있었다.

그때 저쪽 가구 위에서
복순이(고양이)가 엄마를 빤히 바라보고 있었는데
여느 때와 다르게 슬픈 눈으로
엄마를 가엽게 바라보는 듯했다.

그걸 보는 나도 눈물이 그렁그렁해지며
마음에 깊은 슬픔이 복받친다.
복순이에게 말없이 손을 내밀자
복순이는 기다렸다는 듯 달려와
자꾸 치대면서 엄마 눈을 빤히 바라보고 있는 것을 보니
아마도 이 슬픔을 복순이가 달래주는 듯했다.

그동안 복순이는 이런 아이가 아니었다.
아직 야생성이 남아 까칠했었지만
그러나 오늘은 무슨 일인지 달라져 있었다.

나는 눈물을 닦으며 복순이를 쓰담쓰담 했고
복순이는 엄마를 계속 치대며 내 곁을 떠나지 않았다.

지금 엄마가 왜 우는지
왜 이렇게 슬퍼하는지도 알고 있는듯했다.
우리는 서로 슬픈 눈을 바라보았고 그 눈빛에서
나는 슬픔을 위로받는다.

'그래 복순아… 지금 쌤 오빠를 보내고
우리는 많이도 슬프구나.'
나는 그런 복순이를 고마워하며
쓸쓸하고 슬픈 가을밤이 가고 있었다.

※

책을 통해 알고 보니 이런 일들은
하늘에 있는 우리의 반려동물이 슬퍼하는 가족을 위로하러
다른 동물을 통해 주인에게로 오는 것이라고 했다.

아마 우리 쌤도 복순이를 통해 엄마에게 왔나 보다.
그래서였을까?
그 눈 속에는 깊은 애틋함이 보였다.

2020년 11월 15일

하얀 깃털 메시지

쌤이 떠난 지 28일 되는 날이다.
아픈 시간 속에서도 시간은 하루하루 가고 있었다.
나는 사람들 앞에서 또 가족 앞에서도,
슬프지 않은 척하며 지내고 있지만
그러나 사실은 그게 아니다.
견딜 수 없이 아프지만 내색하지 않을 뿐이다.

남편과 아들 역시 슬픔을 드러내지 않는
각자의 아픔이 되어가고 있었다.
이런 아픈 시간 속에서 오늘은 토요일이라 혼자서
집에 있고 싶은 심정이 간절했다.
하지만 남편은 내 마음을 모른 채 뭔가 정리를 해야 한다며
기어이 나를 고시텔로 데리고 갔다.

억지로 따라는 갔지만 아무것도 귀에 들리지 않고
남편의 잔소리만 들려왔다.
오늘 난 이런 잔소리에 무척이나 스트레스를 받고
신경이 날카로워져 짜증을 부리자
그때 남편이 "집에 가!" 하고 소리를 질렀다.
나는 그 소리가 오늘따라 더 아픈 듯 들리지만
그러나 난 남편의 말이 야속해서

눈물이 나는 것은 아니었다.

지금 우리 쌤이 얼마나 보고 싶은지
그것은 너무도 큰 슬픔이기에
눈물이 계속 흐르고 있었을 뿐이었다.
그러면서 전철 안에서도 서글픈 듯 눈물은 계속 흐르고
나는 나의 이런 행동을 발견하면서 이것 또한
너무나도 낯설기만 해 내 자신에게 놀라고 있었다.

집에 와서도 우리 쌤이 보고 싶어 눈물은 계속 흐른다.
오늘은 정말 많이도 그가 보고 싶어져
이런 공허하고 허탈함 속에서
그냥 울고 있는 것도 나는 괜찮았다.

그때 복돌이(고양이)가 등에 하얀 깃털을 달고
베란다에서 들어오고 있었다.
웬 깃털이지 나는 복돌이 등에서 하얀 깃털을 떼었다.
잠시 후, 다시 복돌이가 등에 또
하얀 깃털 하나를 달고 들어왔다.
참 이상한 일이었다.

오늘 복돌이가 왜 이런 행동을 할까 하며
10년이 넘도록 이런 일은 처음이기에
나는 조금 의아했다.

※

월요일 날 출근 후 책에서 깃털에 대한 이야기는
우리 곁을 떠난 반려동물이
'내가 지금 엄마 옆에 있어 그러니 슬퍼하지 마.' 하고
엄마를 위로해 주는 메시지라고 쓰여 있었다.

그래 아마도 우연의 일치는 아닌가 보다.
그 깃털은 어떻게 복돌이 등에 붙여졌는지는 알 수 없지만
그렇게 쌤은 하얀 깃털로 슬퍼하는 엄마를 괜찮다고,
울지 말라고 복돌이 등을 통해 하얀 깃털을 계속 보내며,
엄마가 그것을 알아채 주길
간절히 바라고 있었는지도 모르겠다.

2020년 11월 21일

우리의 상실감

지금은 우리 쌤이 떠난 지 얼마 안 돼서일까.
때로는 퇴근해 문을 열 때면
문을 열기가 두려울 때가 많았다.

그것은 문을 열면 뛰어나오며 반기던 모습이
텅 비어 있을 때,
그제야 나는 또 한 번 쌤이 없음을 실감하고
그 허전함에 무너지는 좌절감이 밀려온다.
그의 흔적들에서 더 깊은 슬픔과 마주치게 되고
그것이 얼마나 아픈 것인가를
새삼 느끼며 숨이 막힐 듯 저려온다.

나는 이런 시간과 마주할 때
깊은 상실감 속에서 흐느낄 수밖에 없다.
주변에는 반려견과 단둘이 지냈던 분들이
그들을 보내고 나면 일반 사람들보다
더 깊은 상실감 속에서 힘들어한다.

아마도 그랬을 것이다.
그 텅 빈 집의 허탈함 속에서
그들의 상실감이 얼마나 클지 마음으로 전해온다.

47

그래서 휴가를 내고 집을
며칠 또 몇 달씩 비워놓기도 했다.
그런 사람이 실제로 내 주변에서도 있었다.
심지어는 직장을 그만두는 사람들도 있었다.

나는 그들과 다르게 가족이 옆에 있었지만,
나 역시 쌤을 떠나보냈을 때,
심리적으로 불안한 상태에 빠지게 되면서
남편에게 전화해 빨리 들어오라며 울었던 적도 있었다.
그때는 심리적으로 아주 불안했다.

그러니 그들은 상실감이 너무 커 한동안 집을 비웠을 것이다.
또 때로는 함께했던 그들의 흔적들을 보면서 아파하며
이 깊은 상실감 속에서
먼저 보냈을 이들의 허탈함이 얼마나 컸을지
나는 내 아이를 보내고서야 알 수 있었다.

우리는 그들과 함께 있을 때 먼저 보낸 사람들의
슬픔을 보면서도 그 깊은 아픔을 알지 못한다.
나 역시 그랬다.
사랑스러운 존재가 아직은 우리 옆에 있으니
어찌 다가올 아픔의 깊이를 알 수 있을까.
'내 반려견이 떠나면 슬프겠지'라고
막연하게 생각하는 것과 맞닥뜨린 실제는 너무 달랐다.

그것은 다시 되돌릴 수 없는 더 큰 상실감이며
시간이 하루하루 갈수록 우리는 가는 시간마저도
붙잡고 싶은 심정으로 그들을 추억하며
가슴으로 그리워하게 되었다.

그러면서 나는 또 알게 된 것이 있다.
반려견을 떠나보내고도 그들은 슬픔을
드러내지 않음도 알았다.
내가 막상 내 아이를 보내고 나니 그랬다.

'아유… 개 한 마리 갔는데 뭘 그래.'
내가 직접 들은 이야기다.

이 말이 당사자에게는 얼마나 큰 상처가 되는지를 깨달았다.
앞서 보낸 이들도 이미 경험했을 것이기에
겉으로는 그들의 슬픔이 보이지 않았기에
그들은 슬퍼하지 않고 살아가는 줄만 알았었다.
그러나 슬픔을 드러내지 않았을 뿐이었다.

또한 반려견을 떠나보냈다 해도
그 상실감이 다 같은 것은 아니다.
누가 더 많은 교감을 하며 살았냐에 따라 다를 것이며
심지어 남편마저도 어떤 생각의 차이로 나의 깊은 아픔을
다 이해하지 못했다.

그렇다고 해서 남편이 쌤을 사랑하지 않았다는 말은 아니다.

남편도 쌤을 정말 많이 사랑했었다.

그러나 서로 사랑의 깊이, 교감은 엄연히 다를 것이고

그렇기에 아픔의 상실감도 다르다.

함께했던 아이들도 쌤이 떠난 뒤에서야

그 아이의 사랑의 깊이를 알 수 있었다.

그렇기에 우리는 상대방의 아픈 마음도

본인의 깊이에 따라 바라보는 듯하다.

주변의 누군가가 이런 아픔을 겪는다면

상대방의 아픈 마음을 잘 살펴 주는 것도

하나의 상실감을 줄일 수 있는 배려일 것이다.

우리 쌤 냄새
첫 번째

쌤이 떠난 지 2달 16일 되었다.
지금 이 시기를 보내는 것은 깊은 슬픔에
새벽이 되면 나도 몰래 깨어 있을 때가 많다.

그것은 오늘 밤도 내 옆에서 잠들어 있어야 할
그가 안 보일 때, 나는 더 이상 잠들기 힘들다.
허전한 그의 빈자리를 손으로 살며시 만져보며
슬픔으로 북받쳐 오르는 이런 시간을 견디는 것은
더 깊은 상처로 이어진다.

혹시나 훌쩍대는 소리에 남편이 깰까 반대쪽으로
돌아누웠지만, 눈물은 계속 흘렀다.

그때였다.
내 얼굴 쪽에서 내 코로 어떤 냄새가 슬슬 스며들더니
갑자기 강하게 퍼졌다.
지금 이게 무슨 상황인지 몰라 눈물을 멈추고
신기하기만 한 이 현상을 가만히 지켜보니 그것은
우리 쌤 냄새였다.
이 세상에서 내가 제일 그리워하는 그의 냄새였다.

이 냄새는 어디서 오는 걸까.
지금 우리 쌤은 없는데…
나는 어리둥절했다.
그리는 사이 그 냄새는 사라져갔다.
그 냄새가 머문 시간은 약 3초 정도라 할까.

내가 느낀 대로 말하자면
누군가 코 가까이에서 냄새를 뿌리는 것 같았고,
더 자세하게 말하면 분무기로 코에다 냄새를 뿌리는 듯했다.

나는 이런 신비함을 살면서 한 번도
그 누구에게서 들어본 적 없다.
하지만… 하지만 나는 분명 느꼈다.
이것은 쌤이었다는 것을 나는 엄마의
마음으로 알아차렸다.

그것은 의심할 수 없게끔 분명한 확신을 주었다.
자기를 보내고 너무나 슬퍼하는 엄마를
내가 지금 엄마 옆에 있으니 울지 말라고
그렇게 엄마를 자기 냄새로 위로해 주고 있었다.

아직도 우리 쌤이 집에 있었다!
그래서였을까.
나는 나만이 느낄 수 있는 신호를 알아차렸다.
그것은 그의 사랑이었다.

오늘 밤도 그의 신비한 영의 세상을
다시 경험하며 이토록 가슴이 뛰고 있다.

나는 쌤을 보내고 나중에 안 것이지만
그들은 세상을 떠난 뒤 바로 하늘나라로 가는 것이
아니라고 했는데 그것이 맞는가 보다.
우리의 모든 반려견은 각자 다르지만, 교감이 깊은 아이일수록
오래 머문다고도 했다.

그렇다고 다른 이들의 교감이 적다는 얘기는 아니다.
내가 무슨 자격으로 그런 말을 하겠는가.
그저 우리가 알아차리지 못할 뿐이라고 했다.

이미 사랑하는 그들을 떠나보낸 사람 중에 더 많은
영의 세계를 경험한 사람들도 있을 것이지만,
그들이 말을 안 했을 뿐일 것이다.
나는 이 경험을 통해 이들이 떠난 뒤
그들은 우리 곁에 머물며 위로해 준다는 것이었다.

우리 쌤 역시 슬퍼하는 엄마를 오늘 밤 자기 냄새로
위로해 주고 있었다.

2021년 1월 9일

놀라운 쌤의 영혼을 직접 만났다

우리 쌤이 떠난 지 2달 18일 되었고
자기 냄새를 뿌려주던 날 이틀 후가 되었다.

쌤이 내 곁에 없다는 것이
여전히 심리적으로 불안함을 느낀다.
이런 초조함은 특히 이른 새벽에 찾아들기도 하는데
그럴 때는 항상 그랬듯이
나는 작은방에 앉아 오늘도 쌤에게 사랑의 기도를 한다.
그러면 마음의 안정이 된다.

그동안 고마웠던 날들과 가족의 제일 큰
선물은 바로 너였다고, 나는 오늘 새벽에도
그렇게 사랑의 기도를 하면서 나는 울고 있었다.

그때였다. 갑자기 왼쪽 다리 허벅지에 알 수 없는 어떤 에너지가
느껴졌다. 놀라운 일이었다.

그것은 내 생에 처음 겪어 보는 아주 묘한 접촉이었다.
그 감촉은 큰 물방울이 출렁출렁 움직이는 듯하고
또 강하게 간질거리며 아주 부드럽고도 또렷했다.
그러나 그것은 결코 공포스러운 것이 아니라

어떤 사랑의 감성이 느껴졌다.

나는 깜짝 놀라 일어나고 싶었지만,
그러나 기도 중이고 난 그 어떤 것도 방해받고 싶지 않아
그대로 앉아 기도했다.
그러자 내 무릎 위로 뭔가 올라오는 듯하더니
내 무릎이 갑자기 묵직해졌다.

나는 또다시 깜짝 놀라
앉은 채로 눈을 뜨고 손으로 더듬어 보았지만,
아무것도 만져지지 않았다.
어두운 것도 아니었다.
방에 불은 이미 켜져 있었다.

그때 내 머릿속을 번개처럼 스치는 것이 있었다.
'아, 쌤이구나. 쌤의 영혼!'

쌤 영혼이 내 무릎 위로 올라온 것을 느꼈고,
그 느낌은 그 어떤 확신보다 컸다.
아, 아직도 여전히 우리 쌤은 집에 머물고 있었다.

나는 쌤의 영혼을 맞으며 가슴이 떨려오고
또 한편으로는 너무 기쁘기도 하지만,
나에게 있어 이것은 정말 엄청난 일이었다.

아이를 보내고 나서 어떤 이가 이처럼 놀라운
경험을 했다면 어떻게 하겠는가.
하지만 조금 뒤,
나는 기쁨보다는 슬픔 속에
그의 마지막 모습이 떠오르며 눈물이 흘렀다.
그러나 나는 쌤을 옆에 두고 울 수는 없었다.
엄마가 울면 그는 더 슬퍼할 것이다.

나는 눈물을 감추고
"우리 사랑하는 예쁜 쌤 맞지?
엄마가 너를 많이많이 사랑해…"
그는 보이지 않지만, 옆을 둘러보며
"쌤아… 쌤아…"
조용히 불러준다.

오늘 새벽 쌤에게서 평생 잊지 못할
감동의 선물을 받고 나서 아직 얼떨떨하다.
어느 누가 아이를 보내고 이처럼 큰 영적 선물을
받을 수 있을까.
아마도 아주 드문 현상일 것이다.

그는 기도하는 엄마를 보며 뭔가
메시지를 보내고 싶었던 것은 아닐까?

'엄마 울지 마… 내가 이렇게 살아 있어,

나중에 우리가… 다시 만날 수 있어.'
오늘 새벽 그에게 영혼이 있다는 것을
더 확실하게 알게 되면서
아이들을 보내고 슬퍼하는 이들에게 전하고 싶다.

…그들은 영혼이 있다고…

이것이야말로 우리가 아이를 보내고
제일 듣고 싶은 말이 아니겠는가?
우리 쌤이 엄마에게 전하는
소중하고도 아주 중요한 메시지였다.

나는 그의 영혼을 접하게 되면서
사후세계가 얼마나 놀라운 세계인지 알게 되었다.
나는 오늘, 이 소중한 선물을
영원히 간직하게 될 것이다.

2021년 1월 11일

57

울고 싶어 앞산으로 갔다

올겨울은 그다지 춥지 않아 보인다.
아니 어쩌면 슬픔 속에서 감각이 없었던 것은 아닐까.

오늘은 남편이 코로나로 인해
회사에 가지 않고 고시텔에 있으니
나보고 집에 있으라고 했다.
요즘 코로나19로 인해 세계 사람들이 무수히 죽어나고
우리나라도 하루에 2백 명 내지 3백 명이 죽어나고 있다.
그렇기에 요즘은 누구나 다 불안한 듯 살아가고 있고
이런 시기에 우리는 쌤을 떠나보냈다.

또 누군가 사랑하는 가족이나 자기 반려견을
떠나보냈다면, 더 많이 심리적으로 초조하고
불안한 상태에 머물러 있게 될지도 모른다.
그러나 나는 이 불안함이
코로나와 상관없이
그가 없다는 깊은 슬픔에서 오고 있는 것을 안다.

때론 이런 슬픔에는 갑자기 울컥울컥 심경에 변화가 오면서
울고 싶은 장소가 그리울 때도 있다는 것.
내가 지금 그런 곳을 찾고 싶은 것을 보니

아마 나는 여전히 아파하고 있었다.

또 내가 경험한바, 울고 싶을 때는 울어야 한다는 것.
그것이 치유의 과정이기도 했다.
그것이 안 될 때는 더 깊은 슬픔과
마주하게 된다는 것도 알았다.

되돌아보니 그동안 쌤이 아파서 앞산에 가지 못했던
시간들이 그리워졌고 내 발걸음은
어느새 앞산에 와있었다.
지금은 겨울 찬바람에 쓸쓸한 감도 있지만 또 한편에선
우리들의 정겨운 소리도 들려오는 듯했다.
예전에도 그랬듯이 쌤은 저쪽에서 귀여운 모습으로
엄마에게로 뛰어오는 것만 같다.

난 산을 돌아보며 말했다.
"얘들아, 너희는 우리 쌤을 기억하니?
항상 아빠와 셋이 왔었지만, 오늘은 혼자 왔단다."
나는 눈에 눈물이 고이지만,
너는 누구였냐며 되묻는 듯 찬바람만 스치고
이제는 더 이상 너희에게 관심이 없다며
산은 고요하기만 하다.

우리 쌤이 건너뛰다가 다리를 다쳐 병원에 가던 곳도
아직 여전하고 여기저기 추억들의 장소에서

미소를 지어보지만, 우리들의 행복했던 목소리는
그 어디에도 들리지 않았다.

나는 우리가 항상 앉아 있던 벤치에 앉아 슬프게
소리 내어 울었다.
이것은 어쩌면 치유의 눈물이기도 하다.
나는 지금 울고 싶어 여기에 왔다.

왜… 우느냐고 아무도 물어보는 이 없지만,
나의 마음을 위로하듯 슬픔 속에서
우리의 지난날의 행복이 어디선가 찬바람 속에서도
묻어나며 나를 달랜다.

2021년 1월 17일

우리 쌤 인형 감추기 놀이

나는 아직 쌤의 영혼이 집에 있는 것을 알기에
말과 행동도 조심해야 하며
특히 남편과 싸우지 않으려고 노력한다.
쌤이 슬퍼할 수 있으니.

어떻게 생각하면 그도 가족을 떠나야 하는 마음에서
지금 우리만큼 슬플지도 모른다.
우리는 그들의 마음을 모를 뿐 깊은 정에서
어찌 우리만 슬플까.
그렇기에 나는 그의 마음도 살피고 싶었다.

요즘 난 아침에 출근하기 전 하는 일이 있다.
쌤이 쓰던 그릇에 간식과 우유를 담아 영전 앞에 올려놓고,
쌤이 좋아했던 미키마우스 인형도 고양이 인형들과 함께
방에 놓고는 아직 변함없는 엄마의 사랑을 전한다.

"쌤아, 엄마 갔다 올게. 잘 놀고 있어."
그런데… 저녁에 퇴근해 와 보니, 쌤 인형만 없었다.
여기저기 찾아봤지만 보이지 않았다.
이게 무슨 일일까?
이게 어찌 된 일일까?

그것은 쌤이 제일 좋아했던 인형이었다.

지금은 그 인형밖에 남아 있지 않았기에

어디선가 나오겠지 하며 지나쳐 버리고 싶지 않았다.

방 구석구석 다 찾아보았지만, 끝내 찾지 못했다.

나는 문득 장난기가 발동하면서

요즘 쌤이 집에 있으니 물어봐야겠다고 생각했다.

나는 평소 쌤에게 했던 것처럼 큰 소리로

"쌤아! 너 인형 어디 갔지?

엄마가 못 찾겠다. 너는 알고 있니?"

그러자…

그렇게 찾아도 없던 인형이 바로 내 옆에 턱 있었다.

방금 전에도 찾아보았던 그곳에…

나는 홀린 듯 고개를 갸우뚱하며 나를 의심했다.

'지금 내가 뭘 하고 있는 거지?'

저렇게 인형이 옆에 있는 것을 내가 못 볼 리 없는데,

쌤이 지금 엄마와 놀고 있는 것은 아닐까?

어렴풋이 느끼게 된다.

그래서 나는 행복한 미소를 지으며,

"쌤아, 네가 감췄었니? 이제 엄마가 찾았지롱~"

"요놈의 자식, 엄마와 놀고 싶었구나!"

나는 다정한 엄마 목소리를 예전처럼 전하며

쌤의 인형 놀이에 너무도 행복해했다.
그도 지금 장난기 섞인 엄마 목소리에 좋아할 것이다.

우리에겐 아무것도 달라진 것이 없지만,
우리 쌤은 보이지 않으니, 우리가 헤어진 것이 맞나 보다.
그렇지만 우리는 아직 경계선에서 함께하고 있고
이것은 내가 알지 못했던 또 하나의 체험이기도 했다.

요즘 내 주변에서 일어나고 있는 이상한 현상들은
내 사랑하는 아이의 일이니, 이 또한 그 무엇보다도
아주 소중한 체험이다.

이렇게 놀라운 일들은 모두 사실이지만,
아무도 믿으려 하지 않을 것이다.
나 역시도 지금 놀라고 있으면서도
그들이 이런 놀이를 한다는 것을 우리 쌤을 보내고 알았다.

어쩌면 나는
이 글을 통해 말하지 않았다면,
언제까지나 나만의 비밀이 될 수도 있을 것이다.

※

우리의 반려견이 영혼이 되어서도
엄마의 관심을 끌고 싶어 한다고 했다.

그러면서 그들은 엄마가 평소에 좋아하는 작은 물건을
종종 감추기도 한다고 했는데,
쌤 역시 엄마가 자기 인형을 소중히 여기는 것을
알았나 보다.

나는 오늘 기쁨 속에서 새로운 것을 알게 되었다.
그들이 떠난 뒤에도 우리는 여전히 그들과 함께
살아가고 있다는 것을.

2021년 1월 21일

쌤의 예지몽이 해결해주다

쌤이 우리 곁을 떠나던 날 새벽에
엄마를 텔레파시로 깨우면서 그때 꿈속을 통해 보여줬던
신비스러운 그것은 예지몽이라고 했다.
하지만 그동안 이것에 대해 많이 궁금해하고 있었고,
꿈속을 통해 미리 알려준다는 것이
예지몽이라는 것도 나중에 알게 되었다.

현재 그는 고시텔 방세를 6개월이나 밀렸고
앞으로도 쭉 그렇게 살아갈 작정처럼 보였다.
소송하려고 법원에 갔었지만,
소송 중에 명도소송이 제일 힘드니 살살 달래서
먼저 내보내 보라고 했다.
그러나 우리는 그를 내보내지 못했고 힘들게 계속
끌려다니고 있었다.

우리 쌤이 하늘나라로 가고 난 뒤 3일째 되던 날에
쌤은 그때 꿈속의 그 일을 하기 시작하면서
나는 그 일에 같이 합류하게 된다.
24번 방 그는 방 열쇠를 잃어버렸다며,
열쇠 따는 사람과 같이 장비를 들고
고시텔 안으로 들어오고 있었다.

나는 깜짝 놀라 이 사람이 누구냐고 묻자,
알 것 없다며 그 사람은(꿈속에서처럼)
내 왼쪽 팔을 세게 밀쳤고 나는 문 앞에 그만
넘어지고 말았다.

그때 폭행죄로 이미 경찰서에 신고가 되어있었고,
그동안 소송이 진행된 지 3개월 정도 걸려서
결국 그를 오늘에서야 내보내게 되었다.
그러면서 우리는 신비한 체험을 통해
그는 가족의 걱정이 무관하지 않았음도 알면서
그는 떠나면서도 가족을 걱정하였다.

아마 우리 쌤이 도와주지 않았다면,
우리 힘으로는 많은 시간이
걸렸을 것이고 또 언젠간 끝이 나겠지만
그것은 기약 없는 일이기도 했다.
우리 부부는 한결같이 이 말에 동의한다.

만약 CCTV가 없는 곳이었다면 어떻게 되었을까.
증거가 없어서 어렵지 않았을까.
그러나 이 일은 이미 그렇게 되기로
예정된 것이었는지도 모른다.
쌤이 모든 것을 처음부터 계획했을 것이다.

쌤은 그동안 엄마 아빠가 무엇 때문에 힘들어하는지
이미 알고 또 걱정하고 있었던 것은 아닐까?
함께할 때 우리 쌤은 아무것도 모르는 것 같았지만,
집안 사정을 너무나도 잘 알고 있는 것 같았다.

또 우리의 반려견들은 다가올 미래도 알고 있다고 했다.
그러면서 그들은 지난날 함께했던 사랑도 잊지 않고
떠나면서 보답하는 아이도 있다고도 했다.
남편과 나는 이미 경험했기에 이 말을 그냥 흘려듣지 않았다.

또 지금에서야 이야기하지만,
우리 쌤이 하늘나라로 떠나고 난 뒤 바로
고시텔에 손님도 2명이나 보내줬다.
그렇지만 이 2명은 같은 일행이 아니었다.

생각해 보라.
아직 어둑어둑한 새벽 시간에 일행이 아닌 사람이
같이 온다는 것도 이상한 일이 아니겠는가.
그때는 우리가 고시텔에 없었고 집에 있었다.
이런 일이 가능할까?
그 사람들은 어두운 새벽 시간에 그냥 전화로 말하고 왔다.

또 믿기 어려우시겠지만,
이상한 것은 왜 우리 쌤과 작별인사를 할 때인가.
이것만 보더라도 이것은 우연이 아니라는 생각이 든다.

이것 또한 이미 쌤이 계획한 것이 아닐까.

또 지금까지 경험한바 그들은 모든 것을
선물로 줄 때 의심할 수 있는 빈틈을 주지 않는다.
그것이 그들의 특징이었다.

우리는 지금도 그때 그 일도 우리 쌤이 떠나면서 주고 간
또 하나의 선물이라 생각한다.
혹, 그것이 아니었다 할지라도 우리는 그렇게
믿고 싶은 것이다.

2021년 1월 25일

쌤의 큰 사랑을 받으며

새벽에 잠깐 설 잠에서 깨었다.
아직은 이런 날들이 계속 이어지면서
더 익숙해지고 있다.
쌤이 떠난 지 3개월 13일 되었고
이런 익숙한 시간에 어렴풋이 들려온다.

한밤중에 우리 쌤이
다닥다닥 걷는 소리, 밥 먹는 소리, 물먹는 소리…
그 정겨운 소리가 아직 귓전에 들려오는 듯하다.
그런 그리움들이 쌓이면서 견딜 수 없는 또 하나의 깊은
아픔이 되고 있다.

사랑하는 반려견을 보내본 사람이라면
그것이 얼마나 그리움이 사무치는 일인지도 알게 된다.
그것은 오직 누군가와 영영 이별을 해본 사람만이
그 아픔의 깊이에 다가갈 수 있다는 것도 알았다.

그 사랑스러운 존재가 한순간에 사라지고 난 뒤
난 죽음이라는 것은 이런 것임을 깨달았다.
그 존재의 한순간도 되돌릴 수 없다는 것은
아마 이 세상에서 제일 슬프며 잔인한 일일 것이다.

난 깊게 파이는 이 슬픔에서 모든 것을 배워가며
가슴으로 담담하게 받아들인다.

그때 갑자기 어떤 묘한 느낌이 왔다.
밤공기가 차 마스크를 하고 누워있는 그 밑으로
누군가 턱을 핥아주고 있었는데
그 느낌은 정말 부드러웠다.
그러나 이 세상의 느낌은 아니었다.

나는 금방 우리 쌤이라는 걸 알 수 있었지만,
난 너무 슬퍼 그것이 무엇이든 반항하고 싶지 않아
그대로 맡기고 있었다.
난 여전히 그의 사랑이 필요했는지도 모른다.

내가 놀라서 움찔했다면 느끼지 못했을 것이지만,
그것은 정말 슬픔 속에서 또 하나의 선물이며
큰 감동이었다.
그는 여전히 집에서 아직 가족과 함께 있으면서
슬퍼하는 엄마를 달래주고 있었다.

그동안 많은 영적 체험을 했다고 해서 나아진 건 아니었다.
그렇다고 우리가 그들을 보내고 갑자기 옛 모습으로
돌아갈 수 있을까 그것은 불가능하다.
그러나 나는 노력한다.
슬퍼하는 엄마를 보며 더 걱정할 것을 알지만.

노력 중에도 모든 것은 마음먹은 대로 되지 않고 있었다.

지난날 나는 쌤 앞에서
내 맘대로 안 된다며 성질을 부려댔던
나의 작은 소갈딱지가 쌤에게 너무 부끄러워지고 있었다.
많이 부족했던 엄마를 이처럼 사랑할 수 있는지
나는 쌤에게 미안한 마음에 울먹이고 있다.

아마 오늘 밤 나 혼자였다면 그의 사랑에 감동하여
나는 소리 내어 울었을 것이다.
우리가 그들을 사랑하는 것보다,
그들이 우리를 더 많이 사랑한다는 것도 이런 슬픔 속에서
또다시 배워가고 있었다.

2021년 2월 6일

따뜻한 담요를 덮으며

얼마 전 있었던 일이다.
차로 약 5분 거리 정도 되는 이마트로 장을 보러 갔다.
우리는 그렇게 차로 장을 봐왔다.
뒷좌석에는 빨간 인조털 담요가 있었고,
오른쪽에는 엄마, 왼쪽 좌석에는 항상 쌤이 앉아있었다.

금요일 저녁이면
쌤과 함께 차를 타고 이마트에 가곤 했는데,
쌤이 하늘나라로 가고부터는 함께할 수 없었다.
그러던 지난달 어느 추운 금요일 저녁.
장을 보고 난 후 집으로 오기 위해
차 뒷좌석에 앉아 담요를 덮었는데
무슨 일인지 담요에 따뜻한 온기가 있었다.

이상해서 다른 곳을 만져보았지만 추운 날이라
차 안은 냉기만 가득했는데… 왜 이곳만 따뜻할까?
이곳은 위쪽에 있어서 저절로 따뜻해지기란 불가능했다.
이상하게 내가 덮었던 담요 부근은 따뜻했다.

난 요즘 이상한 현상을 많이 경험하다 보니
이것 또한 알 것도 같다는 생각을 하며

운전하는 남편에게 이 사실을 이야기했더니
남편은 무심코 차분히 말했다.
"아마도 쌤이 담요 위에 앉아 있었나 봐.
지금 우리와 함께 차를 타고 있나 봐."

남편의 말에 갑자기 가슴이 찡하게 울리면서
참았던 눈물이 쏟아질 것만 같았다.
그러면서 지금 쌤이 얼마나 보고 싶은지
가슴이 저며왔지만, 남편이 곁에 있으니
슬픈 마음을 감췄다.

지난날 함께 여행을 다닐 때, 장 보러 다닐 때도
남편은 쌤이 차 타는 것을 참 좋아했었다.
"아마도 쌤이 담요 위에 앉아 있었나 봐"라고
무심코 말하는 남편의 말이 그렇게 슬펐다.

우리는 서로 같은 생각을 하며 말이 없었고,
그 침묵의 뜻은 서로 잘 알고 있기에
한동안 우리는 말을 하지 않았다.
남편도 쌤이 많이 보고 싶은 듯했다.

여전히 쌤은 아직 우리 주변에 있는가 보다.
우리는 또 하나의 체험을 통해 너의 사랑을 느끼며
오늘 저녁 엄마는 빨간 담요를 말없이 덮는다.

2021년 2월 7일

슬픈 설을 보내며

쌤아, 설날이 하루하루 다가오고 있단다.
너는 지금 어디서 무얼 하니.
잘 지내고 있니?
벌써 우리가 헤어진 지 3달 보름이 넘었구나.

엄마는 오늘도 어두운 아파트 복도에서 쓸쓸히 홀로
밤하늘을 보고 있어.
그런데 엄마는 바보인가 봐. 왜 눈물이 날까?
그러면서 눈물 속에서… 별이 보여.

쌤아, 어디쯤에 있니.
저 별만큼?
아님 더 먼 저 별만큼?
별 사이로 너의 예쁜 모습 좀 보여주렴.

오늘도 간절한 마음은
저 별 사이로 한 번만이라도 너를 보게
신이 허락해 준다면 얼마나 좋을까.
또 지난날 우리들의 에너지로 넘치던 이 복도도 이제는
주인을 잃은 듯, 엄마처럼 쓸쓸해 보이고…
그러나 엄마는 이제 이렇게 살아야 한다는 것도 알아.

쌤아, 너를 보내고 첫 번째 설이 오고 있단다.
우리가 17년을 넘게 함께했던 설이지만,
이제는 너 없이 어떻게 설을 보내야 할지 그런 생각에
벌써부터 두려워지기도 해.
아마도 엄마는 그날이 오면 또 복도에 나와
밤하늘을 보겠지.

쌤아, 너 기억하니?
설날 아침에 아빠가 "쌤아, 세배해야지." 하면
알아들었다는 듯 엉덩이를 치켜들고 세배해서 웃음을 자아내고,
세뱃돈을 주면 돈을 입에 물고 흔들어 대며 온 방을 돌아다녔지.
이런 시간 속에서 많이도 행복했었지만
이제는 너 없는 설은 어떤 모습일까.

아마 엄마는 오늘 밤처럼 눈물 속에서 또
별이 보이겠지.
지난날 엄마는 그런 행복한 시간 속에서 언제까지나
언제까지나 우리는 그렇게 살아갈 줄만 알고
한 번도 네가 먼저 떠나갈 거라곤 생각하지 못했어.

쌤아, 아마도 엄마가 제일 중요한 걸 잊고 있었나 봐.

오늘 난 쌤을 보내고 아버지, 엄마를 떠올려 봤다.

두 분을 보냈을 때 그때도 많이 아팠기에 그때는 당연히
부모를 보내는 것처럼 슬픈 것은 이 세상에
없을 거라고 생각했다.
사람마다 서로 살아온 정에 따라 다르겠지만
그러나 이제와 또 생각해 보니
또다시 자식 같은 쌤을 보내는 마음은 어떠한가.

엄마, 아버지에게는 미안하지만
부모를 보내는 슬픔을 뛰어넘는
더 큰 아픔이 있다는 것을 알았고,
더 큰 사랑이 또 이 세상에 존재한다는 것도
나는 알게 됐다.
자식을 가슴에 묻는다는 말은 있어도
부모를 가슴에 묻는다는 말은 그리 많이 듣지 못했기에
그 말의 뜻을 이제야 비로소 나는 알게 되었다.
이렇게 나는 또 하나의 다른 아픔을 배워가며 쓸쓸히
밤하늘에 별들을 바라본다.

2021년 2월 9일

쌤의 발걸음 소리
두 번째

항상 그랬듯이 오늘도 4시 30분에 일어나,
거실에 불을 켜고 작은방에서 새벽마다
사랑의 기도를 변함없이 해오고 있다.
이런 시간은 아직 불안한 마음을 잠재워주며
또 치유의 과정이기도 하다.

나는 요즘 쌤이 집에 있는 것을 알기에 여전히
쌤 영전에 간식과 우유를 아침저녁으로
갈아놓고 있지만 이것은 엄마의 마음인 것이며
언젠간 그가 떠나간 것을 느낄 때면 다시 정리할 것이다.

이날 새벽에도 작은 방에서 기도 중에
쌤 발걸음 소리가 들렸다.
자박자박 또 자박자박…
그 정겨운 소리가 가까이에서 들려오는 듯하지만
나는 그 발걸음 소리에서 아린 마음을 느낀다.

누군가도 같은 것을 경험했다면
그 또한 나처럼 그럴 것이지만
반려견의 발걸음 소리를 듣는 것은 축복일 것이다.
쌤은 아직까지도 집에 우리와 함께 있다.

쌤은 왜 아직 우리 곁에 있을까도 생각해 봤지만
그것은 분명 떠나가는 시기가 아이마다
다를 수 있다고 하니 아마 그런 과정일 수도 있기에,
이 또한 걱정할 것은 아닐 것이다.

그러나 발걸음 소리도 계속 들을 수 있는 것은 아니다.
때가 되면 이 소리도 같이 떠나갈 것을 알기에
지금은 그를 향한 가족의 사랑이 변함없다는 것을
보여주는 것인지도 모른다.

이 세상에서 제일은 사랑이라 하지 않았던가.

2021년 3월 14일

놀라운 사후세계 1
쌤의 영혼과 같이 살다

오늘 보니 우리 쌤을 보낸 지 5개월 13일 되었다.
시간이 지나가고 있어도 깊은 슬픔의 아픔은
아직 그대로다.

그동안 나는 고시텔에서 많이 힘들 땐
사무실 문을 닫고 책상 밑에 들어가 울면서
혹 누가 눈치라도 챌까
눈물을 삼켜야만 했다.

오늘도 난 또다시 사무실 책상 밑에 웅크리고 앉아
서글프게 울고 있는 것을 보니,
나는 아직 많이 아파하고 있다.

그렇게 울고 난 뒤 눈물이 글썽글썽한 채 멍하니
소파에 앉아 있던 바로 그때였다.
뭔가 내 코를 스쳐 가는 느낌이 오더니 어떤 냄새를
분무기로 뿌리듯 내 코앞에다 냄새를 뿌렸다.

그때처럼
아마도 지금 우리 쌤이 왔나 보다.
나는 금방 알아차렸지만 이 냄새는 또 다른 냄새다.

처음 맡았을 때를 표현해 본다면
꼬순내 냄새, 또는 어떤 향수…

두 가지가 합친 냄새 같기도 하지만, 이 냄새 역시 분명
처음 접하는 냄새인 것은 분명했다.
내 생에서 한 번도 맡아본 적 없었고, 이것 또한
이 세상 냄새가 아닐지도 모른다.

아주 묘한 냄새에서 나는 편안함을 느끼며
또 짧은 시간이지만 노곤함도 느껴졌다.
이 냄새는 분명 나를 위로하고 있었다.
그러나 냄새를 뿌려주는 것은 오늘이 처음이 아닌
먼젓번 냄새는 엄마가 알고 있는 냄새였지만,
오늘은 뭐랄까 좀 표현이 어려운
어떤 묘한 향수 냄새에 가까웠다.
그렇다고 또 향수라 할 수도 없었다.

이 냄새 역시 강하게 코로 들어와서는
서서히 사라지는 것도 예전과 같았고,
이번 냄새도 딱 3초 그 정도에서 머물렀다.

그 후 나는 우리 쌤이 엄마가 슬퍼할 때면
어떤 냄새로 엄마를 편안하게 해주는 걸 알았다.
'엄마 내가 왔어. 그러니 슬퍼하지 마.'
그렇게 엄마를 위로해 주고 있는지도 모르겠다.

오늘 어떤 묘한 냄새 체험 역시
의심할 수 없게끔 또다시 확실하게 주고 있음을 느끼며,
나는 이 냄새도 기억해야 한다.
그래야 다음에 또 쌤이 왔음을 알 테니.

※

앞으로도 자주 똑같은 냄새로 자기가 왔음을 알려준다.

2021년 4월 6일

놀라운 사후세계 2

4월 8일. 또 이틀이 지나서였다.
오늘도 난 놀라운 영적 체험을 또 한다.
오후 2시쯤 되었을 때,
고시텔 사무실 문은 닫아놓은 채로
나는 우리 쌤이 아플 때 누워있기도 했던 이 소파에 앉아
TV를 보고 있었다.

그때 왼쪽 팔에 무언가 닿는 느낌이 있었지만,
나는 힐끗 팔을 만지며 내가 요즘 예민한가 보다
하면서 그냥 흘려보냈다.
그런데 조금 뒤 왼쪽 어깨 팔을
누군가 뒷발로 탁 치고 뛰어갔다.
숨을 고를 시간도 없이 나의 무릎을 또다시 탁 치고
뭔가 또 뛰어갔는데,
그 힘이 얼마나 센지 사람이 치는 것과도 같았다.

나는 갑작스러움에 너무 놀라 벌떡 일어나 당황해하며
사무실 안을 둘러보았지만,
이 안에는 분명 나 혼자 밖에 없었다.
그러면 누가 나를 치는 걸까.
누군가 지금 사무실에 나와 함께 있는 것이 분명한데

내 눈에는 아무것도 보이지 않으니.

생각해 보라 실체도 없는 이것이
지금 얼마나 엄청나고 놀라운 일인지를.
나는 정신을 차려야만 했다.

그러나 난 조금 뒤 또 알아차렸다.
우리 쌤 영혼이 고시텔에 와서 엄마 옆에서 신나게
뛰어놀고 있다는 것을.
나는 그것을 알아차리는 순간 너무 놀라웠다.

아직 쌤은 엄마가 좋아, 또 아빠 형아가 좋아
우리 곁에 머물고 있는 것은 아닌지.
이유야 무엇이든, 쌤은 오늘 행복한 듯 보이고
그가 행복해 보이니 나도 행복했다.

나는 놀란 가슴을 진정시켰다.
고시텔에 엄마를 찾아온 쌤이 그리워지면서
또한 얼마나 보고 싶은지 눈물이 핑 돌기도 했다.
하지만 눈물을 감추고 사랑이 담긴 말로 차분히 말했다.
"쌤아, 엄마가 보고 싶어서 왔니? 고마워!"

나는 이런 영적 체험이 그 어떤 것보다
나만의 소중한 선물이 되었다.
혹시 누군가도 아이를 보내고 이처럼 충격적인

선물을 받아본 적이 있을까?

아마도 있을 것이다.

그들은 말을 안 했을 뿐.

어찌 우리 아이만 그렇겠는가.

그들의 아이들도 때로는 어떤 선물을 주었을 것이다.

우리 쌤은 우리 곁을 떠난 뒤에도 여러 모습으로

자기가 살아 있음을 계속 보여주고 있고,

이런 놀라운 체험들은 또 앞으로

무엇으로 함께하게 될지 기대도 된다.

2021년 4월 8일

놀라운 사후세계 3

또 하루 지난 그 이튿날 4월 9일 밤
우리 가족은 저녁을 먹은 후 아들은 자기 방으로 가고
남편은 내 옆에서 제3공화국을 보고 있었다.

나는 피곤하여 자리에 막 누웠던 순간,
그때 무언가 내 가슴 쪽을 '탁' 치고 지나갔다.
그러고는 내 무릎에 꽝하고 부딪치고,
조금 뒤 발밑에 이불이 혼자서 막 움직이고 있었다.

우리 쌤 영혼이 고시텔에서처럼 집에서도 신나게
뛰어놀고 있었던 것이었다.
쌤은 아프기 전처럼 에너지가 넘쳤고,
나는 이런 에너지를 보며 그가 지금 건강하고
행복하다는 것도 알 수 있었다.

나는 또다시 정신을 차려야만 했다.
그리고 TV를 보고 있는 남편을 향해
"자기야, 이 방에… 쌤이 있어… 다시… 쌤이 왔어."
나는 놀라서 버벅거리며 크게 소리쳤다.

남편은 쌤이 왔다는 소리에 놀라서 이게 무슨 말인가

TV에서 시선을 돌렸고,
나는 지금 이 방에서 벌어지고 있는 일들을
남편에게 이야기했다.
그러자 남편 역시 놀랐지만 금방 상황을 알아차린 듯
큰 소리로 같이 웃으며 좋아하고 있었다.

오랜만에 우리 가족이 다 집에 있었다.
그리고 옛날처럼 집에는 웃음이 가득했다.
우리는 놀라운 사후세계를 또 경험하면서
나는 좋아서 소리 내어 말했다.

"쌤아, 네가 와서 엄마 아빠는 참으로 기쁘구나."

이런 행복했던 시간들이 언제였던가?
오늘 밤, 우리 쌤 영혼과 한 공간에 있으면서
엄마 아빠가 이렇게 좋아하는 모습을 보며
쌤은 많이도 행복했을 것이다.

그의 그리움 속에서도 우리는 여전히
함께 살아가고 있었다.

2021년 4월 9일

놀라운 사후세계 4

2021년 4월 15일.

오늘은 그 후 6일 지난 15일 저녁이었다.

저녁 9시 30분쯤 남편은 오늘도 TV를 보고 있었고,

나는 그 프로그램을 좋아하지 않아,

일찍 자야겠다며 누워있었다.

그러면서 요즘 놀랍기만 한 우리 쌤 생각을 해보던

그때였다.

신비한 일들이 또 일어났다.

나는 누워서 손을 옆으로 하고 있었는데,

갑자기 뒷발로 건너뛰는 느낌이 오더니 뭔가

나의 오른쪽 손과 왼쪽 손바닥에 한 번씩 세게

뒷발질하며 또 뛰어갔다.

이번에도 그 힘이 얼마나 센지 손이 흔들거렸다.

세상에 지금…

쌤이 또 우리 곁에 왔나 보다.

오늘도 쌤은 에너지가 넘쳐 보였고, 행복한 듯

엄마 아빠 곁에서 신나게 뛰어놀고 있었다.

나는 금방 우리 쌤 영혼인 줄 알아차렸고

남편에게 이 사실을 또 이야기한다.

"자기야, 쌤이 아직 하늘나라로 안 갔나 봐."
"아니… 또… 놀러 왔나?"

나는 그렇게 다시 버벅대며 또 소리쳤다.
"지금 막 쌤이 손바닥을 세게 발길질하며 뛰어갔어."
"…이쪽으로."
남편도 그래 우리 쌤이 또 놀러 왔다고 하면서
남편은 좋아서 "쌤아… 쌤아…" 불러주기도 한다.

지금 아빠가 자기를 부르는 소리에 쌤은 정말 많이도
행복했을 것이다.
우리는 그런 기쁨 속에서 오늘 밤도 가족은 집에
다 모여있었다.

그러면서 요즘 계속 이어지고 있는
놀란 가슴은 여전히 진정되지 않는다.
이렇게 우리를 들뜨게 만든 것을 보니
이것은 떠나간 이들이 우리에게 주는
큰 축복의 선물인 것이 틀림없었다.

그러나 또 한편에서 이것은
기쁨 속에서도 마냥 좋은 것만은 아니었다.
지난날 아픔으로 떠나보내던 시간들이 가슴에 다가오면서

지금 쌤을 볼 수 없다는 것은 너무나도 슬프다.
남편 역시 기뻐하면서도 어떤 쓸쓸함도 보였고
이런 짠한 느낌은 서로가 아주 공허했다.

그러나 우리 쌤 앞에서 눈물을 보일 순 없었다.
그를 슬프게 할 수는 없었기에,
그리도 좋아하는 쌤 앞에서 어찌 울 수 있을까.

남편은 내 어깨를 두드리며
이 모두가 좋은 일이니 울지 말라고 했다.
어떤 상황에서든 그가 보고 싶어 눈물이 나는 건
당연한 일이니 나에게 괜찮다고 안심을 시킨다.

난 여기에서 또 생각해 보니
어쩌면 그가 우리 곁을 떠날 때가 되어서
요즘 우리와 함께하고 있는 것은 아닐까.
그의 마지막 인사는 아닐까도 생각해 보면서
이런 생각은 항상 눈시울이 촉촉이 젖곤 했다.

그동안 그는 슬퍼하는 가족이 걱정되어 못 갔는지,
또 아니면 아직 떠날 시간이 안 되었는지,
또 아니면 저 건너편에서 왕래하고 있는 건지,
우리는 지금까지도 아무것도 알 수 있는 것은 없다.
그러나 그의 에너지는 아주 힘차고 행복한 듯하니
그것이면 되지 않겠는가?

나 역시 책을 써내지 않았다면 어찌 사람들에게
이같이 놀라운 체험들을 전할 수 있었을까.

이 놀라운 체험은 동물을 사랑하는
모든 이들에게 정말 놀라운 기쁜 소식이 될 것이고,
또 우리가 아이들을 보내고 슬퍼하는 이들에게도
많은 도움이 될 것이다.

그리고 이 책은 그들의 위로의 이야기인 것이다.

2021년 4월 15일

놀라운 사후세계 5

그 후 또 7일 지난 22일
나는 고시텔에서 컴퓨터를 보는 중이었다.
시간은 오전 10시쯤, 아침부터 다리가 간질간질하다.
지금 나는 그의 사랑이 느껴지고
아마도 우리 쌤이 오늘도 엄마 곁에 있는듯하다.
쌤은 에너지로 자기를 알리고 있었다.

보이지 않지만, 그가 나와 함께 있을 때 어떤 느낌이 있다.
분명히 존재하는 이것을 딱히 뭐라 호칭할 수 없기에,
그래서 이런 표현들을… 나는 에너지라 썼다.

에너지에 대해서 나는 그때그때 느끼는 대로 썼지만,
다른 이들은 똑같은 경험을 했더라도
다르게 표현할지도 모르겠다.
사람마다 어떤 예민한 감각의 차이는 있을 수 있으니까.

내가 느낀 에너지 종류는 여러 가지로 느껴졌다.
함께 있어 접촉하면 그 부위가 간질간질하면서
큰 물방울이 굴러다니는 것 같은 느낌을 준다고.

그가 옆에 있을 때 또는 가까이 있을 때 또 다른

에너지가 존재하는 것 같은 느낌도 접했다.

어떤 에너지는 파도에 비유하면 맞을까.
파도처럼 사르륵 몸에 부딪히는 것 같기도 하고,
또 한편으로는 붓으로 살살 쓸어내리며
마사지해 주는 것 같기도 하고,
어떤 비유에다 맞춰야 할지 모르지만,
정리해 보면 거부감이 없고 기분이 좋다는 것이다.

때로는 날아다니는 뭔가에 맞은 듯 짜릿짜릿한
그런 에너지도 있다.
이것 역시 어떤 비유가 맞을지 모르겠지만
내가 지금까지 느껴본 바로는 저쪽 세상의 일들은
모두 다 추상적이다.
그렇기에 정확한 답은 없는듯하고
느끼는 이들 마음에 있다.

그들은 떠난 뒤에도 함께했던 가족을 잊지 않았다.
그러니 우리 또한 사랑의 보답은 오래오래
그들을 기억하는 것인지도 모른다.

그날 퇴근길의 전철 안에서
우리 쌤의 에너지를 느끼며 함께했다.

'쌤아, 지금도 우리 함께하고 있지?'

행복했던 지난날들을 떠올리며
나는 쌤에게 많이 보고 싶다고
텔레파시로 사랑을 전해본다.

서울 한강의 불빛도 오늘은
쓸쓸한 나를 위로하듯 반짝거린다.

2021년 4월 22일.

놀라운 사후세계 6

그 후 또 8일 지난 30일이었다.
그리고 우리 쌤이 떠난 지는 6개월 7일 되었다.

오늘도 우리 가족은 저녁을 먹고 난 후,
남편과 함께 또 TV(야인시대)를 보고 있었다.
옛날 드라마라 담배 피우는 것이 화면 처리되지 않고
그대로 흘러나오면서 TV 앞에 있는 쌤 사진이
담배 연기로 뿌옇게 가리는 것처럼 보였다.

그때 나는 갑자기 장난기가 발동하여
"아유… 우리 쌤 담배 냄새나겠다. 어떡하지?
담배를 피우지 말라고 할 수도 없고 말이야."
남편에게 농담하면서 같이 바라보며 웃었다.

그때 갑자기 우리 쌤 에너지가 나에게로 온다.
머리 팔다리에서 간질간질하면서 야단났다.
아빠와 엄마가 자기 이야기를 하니
우리 쌤 기분이 좋은가 보다.

우리는 지금 쌤의 행복이 전해오고 있는 걸 느끼며,
그래 쌤이 좋으니, 우리도 좋은 것이 아니겠냐며

행복한 미소를 짓는다.
그러면서 지난날에 쌤과 함께했던 이야기 속에서
그를 많이도 그리워했다.

자기를 사랑하는 엄마 아빠 웃음 속에서
오늘 밤, 쌤도 많이 행복했을 것이지만,
그런 행복감 속에서 어느덧 에너지는 사라져갔다.

그러나 느껴지지 않는다고 해서 없는 것은 아니다.
우리는 언제나 늘 함께하고 있다는 걸 알고 있으니.

지금 이 시간은 너무나 소중한 시간임을
또 우리 부부는 깨달아 가며.
오늘 저녁에도 우리 가족은 다 모여있었다.
그러면서 그가 어디에 있든 항상 행복했으면 좋겠다.

2021년 4월 30일

95

놀라운 사후세계 7
정리하며

떠난 지 지금 보니 6개월하고 7일 되었다.
그런데 지금까지도 우리 곁에 있는 건지 아니면
이미 떠나 저 높은 곳에서
자주 왕래하고 있는지도 알 수 없다.
나는 그들을 볼 수 없기에.

아직 가족과 함께 있는 게 좋아서인지
아니면 엄마가 자기를 보내고 너무 슬퍼하여
떠날 수 없는 건지 이 또한 알 수 없다.
하지만 사후세계 시리즈에서 그들이 우리 곁을 떠난 뒤에도
더 많은 모습으로 함께 할 수 있다는 것도 알게 되었다.

그러면서 그동안 얼마나 많은 슬픔 속에서 엄마를 위로하며
사랑으로, 또 에너지로 보듬어 주었던가.
누가 나에게 이처럼 할 수 있을까.
아마 내 가족들도 이렇게 할 수 없을 것이다.

그 사랑이 얼마나 큰지 얼마나 가족을 걱정하는지.
나는 보면서 우리가 쌤을 사랑했지만,
그러나 어쩌면 쌤이 가족을 더 많이 사랑했을지도 모른다.
아니, 그것이 맞을 것이다.

우리를 떠난 뒤에도 어디서나 그는
항상 무조건적인 사랑을 보여주며 우리 곁에 있었고,
지난날에도 생각해 보니 우리가 함께할 때도
그 사랑은 언제나 한결같았다.

우리가 그들을 챙겼으니 우리 사랑이 더 커 보이지만
사실은 받은 사랑이 더 컸다.
이제야 그런 것임을 또 알게 되었다.

또 그들은 떠난 뒤에도 가족의 슬픔을 걱정하며
옆에서 지켜보기도 하는데,
그것은 가족을 향한 사랑이
너무나도 크기 때문이라고 했다.
그러면서 자기가 살아있음도 알리고 싶어 한다고 했다.

다행히 나는 우리 쌤이 여러 체험을 통해 살아있음을
금방 알아차릴 수 있었다.
그는 좋아했을 것이다.

2021년 5월 1일

형아 꿈
쌤이 신선이 되어왔다

우리 쌤이 떠나고 처음으로 형아 꿈에 쌤이 찾아왔다.
그 기간을 보니 쌤이 떠나고 6개월 14일 되었다.

쌤은 하얀 신선이 되어서 왔다고 했다.
형아의 꿈 이야기 속으로….

꿈에서 갑자기 뭔가 이끌리듯
베란다로 나가고 싶었어.
무슨 일인가 싶어
나는 우리 집 베란다로 급히 나갔어.
쌤은 베란다에서 하얀 털을 하고 엄마와 함께 있었는데,
그 모습이 신선처럼 보였고
또 하얀 몸에선 밝은 빛이 나면서
아주 행복해 보였어.
나는 신선이 된 쌤을 보고 깜짝 놀라며
또 반가워 쌤을 부르려는데,
쌤은 내가 부르기도 전에 나에게로 달려와 안겼어.
아들은 너무도 행복한 꿈에서 깼다고 했다.

그렇게 쌤과 형아는 특별한 꿈으로
헤어진 뒤 처음으로 재회했다.

꿈속에서는 쌤이 왜 신선이 되어 왔을까.
우리는 궁금해하며 아마도 첫 번째 꿈이니
뭔가 좋은 뜻이 담겨있지 않을까.
우리는 그렇게 말하며 기뻐했다.

그동안 우리는 쌤 꿈을 기다렸다.
그런데 제일 먼저 형아 꿈속에 찾아왔고,
그 기쁨은 가족의 기쁨이기도 했다.
서로의 만남은 참으로 애틋했다.

좋은 꿈을 꾸었다며,
나는 아들에게 슬픈 마음을 다독였다.
아직 우리는 가슴 깊은 곳에서 눈물이 나지만,
그러나 이 순간 우리는 이렇게 행복해하며
쌤 꿈 이야기를 나눴다.

2021년 5월 8일

형아 꿈
쌤을 찾아서

아들은 쌤의 행복한 재회의 꿈을 꾼 지 이틀 후,
내가 퇴근해 오자 울먹이며 악몽을 꾸었다고 했다.

아들 꿈속에서…

나는 잠시 낮잠을 잤는데,
함께 있던 쌤이 어디론가 사라졌어.
나는 너무 놀라 쌤을 찾으려고 여기저기
울면서 뛰어다녔지만,
쌤을 찾지 못하자 얼마나 슬프게 울었는지 몰라.
그러다가 어디선가 쌤을 찾고 보니
다행이도 쌤은 엄마와 함께
행복한 모습으로 산책을 하고 있었다며
꿈이지만 참으로 다행이었다고 말했다.

아들의 눈에는 아직 슬픔이 남아 있었고,
그때 놀랐던 심정을 이야기하면서
꿈속에서 정말 많이 놀란 것 같았다.

나는 많이 슬펐겠구나.
놀랐을 아들을 위로하며 슬픔을 다독였다.

그러면서 나는 지금 아들의 심정이
얼마나 슬펐을지 이해한다.

아직은 쌤을 보내고 불안한 심리에서
이런 꿈은 정말 많이도 슬펐을 것이다.
또 이런 악몽의 꿈을 꾼다는 것은 아들 마음이
아직 슬픔 속에 있다는 것일 수도 있기에
엄마 입장에서 걱정이 되기도 했다.

그동안 나도 너무 슬퍼
아들의 마음을 위로해 주지 못했다.
미안했다. 나만 아프다고 칭얼댄 것은 아닌지.

지금은 아들이 그저
이 아픔을 잘 극복해 주길 바랄 뿐이다.
지금 우리는 너무도 깊은 슬픔에서
그 어느 때보다
말없이 서로를 이해해 주고 있다.

그러면서 우리는 가족 중에
왜 형아 꿈속에 제일 먼저 왔을까 생각했다.
아마도 쌤은 그곳에서도 형아의 슬픔을
제일 많이 걱정했을지도 모르겠다.
우리는 그 뜻을 깊이 고마워했다.

2021년 5월 10일

엄마 꿈
쌤이 천국에서 친구를 데리고 왔다

쌤은 우리 곁을 떠난 지 7개월 정도 시간이 흘러서야,
형아 꿈속에 이어 엄마 꿈속에도 와줬다.
너무도 긴 시간이었다.

그동안 쌤이 우리 곁에서 어떤 에너지로 함께하였지만,
요즘 들어 잠잠한 것을 느끼게 되었고,
나는 마음속으로 이제는 쌤이 우리 곁을 아주 떠나갔구나,
그런 생각도 들었다.
이날 새벽 기도를 마치고 잠시 잠이 들었는데,
쌤은 아주 특별한 꿈으로 엄마에게 왔다.

꿈속에서…

남편은 방에서 TV를 보고 있고
나는 부엌에서 설거지를 하고 있었다.

갑자기 주위가 강렬한 빛으로 환하게 확 들어왔다.
그러더니 사물이 크게 부각되면서,
모든 것이 선명하게 변하고 있는 것을 보면서,
꿈에서도 나는
지금 이 상황이 무얼까 하고 깜짝 놀란다.

강한 천연색에다 주위가 너무 환하게 눈이 부셨다.
이런 눈부심은 내 인생에 처음 느껴보는
아주 특별한 꿈이기도 했다.

그런데 갑자기 누군가 뒤에서
"엄마!" 하고 큰 소리로 부르는 것이 아닌가.
그 소리가 얼마나 큰지 귀가 쩌렁쩌렁했다.
깜짝 놀라 고개를 돌려 보았더니,
현관 앞에 강아지 두 마리가 있었는데
아주 건강하고 활기차 보였다.

그중 한 아이는 쌤하고 똑같이 생겨서
"넌… 누구니?" 하고 물어보았다.
꿈에서도 나는 우리 쌤이 저세상으로 간 것을 기억했다.
그 순간 나는 아차 하고 깨달으며
우리 쌤이 집에 친구를 데리고 와서
엄마를 부르고 있다는 것을 알게 되었다.

나는 설거지를 내려놓고 현관으로 급하게 뛰어나가며,
흐느끼듯 "쌤아… 쌤아…" 불렀고
드디어 우리 쌤을 품에 꼭 안았다.

그러고는 큰 소리로 통곡하며 울었다.
그때 그 감정은 오랜 기간 묻어두었던
슬픔 속에서의 그리움이었다.

그동안 그가 얼마나 보고 싶었던가.

얼마나 그리웠던가.

이제야 너를 아픔으로 떠나보낸 뒤 처음으로 안아보았으니,

그 마음은 정말 기쁘면서도 슬퍼서 목이 메었다.

그런데 지금 이상한 것은,

이 꿈속에서 서글프게 울면서도 우리 쌤이

저세상으로 간 것을 처음부터 계속 기억하고 있다는 것이었다.

이것은 정말 놀라운 일이었다.

나는 꿈속을 통해 쌤의 건강한 모습도 볼 수 있었고,

친구랑 같이 찾아온 모습은 노후의 모습이 아닌,

아마도 중년의 모습처럼 보이면서 둘은 아주 활기가 넘쳤다.

'쌤아, 아픈 몸은 다 나았구나. 정말 다행이야.'

'그런데… 어떻게 친구랑 같이 왔니?'

'네 친구 이름은 뭐니?'

물어보면서도 나는 계속 꿈을 꾼다는 것도 여전히 알고 있었다.

그러면서 이런 슬픈 기억 속에서 목이 메이면서 꿈에서 깼다.

어떻게 이런 꿈이 가능한지 깨고 나서도 놀라웠다.

오랜만에 만나 더 오래 함께하지 못해서 너무도 아쉬웠지만,

그가 하늘나라에 가 있다는 것도 알았고,

그가 친구를 데리고 온 것이 너무나도 기뻤다.

그곳에서도 친구들과 잘 지내고 있는듯하니 나는 마음이 놓였다.

쌤은 아마도 천국에 간 뒤,
처음으로 형아 꿈속에도 왔고
또 엄마 꿈속에도 오게 되면서
그곳에서 친구를 데리고 온 것은 아닐까.

우리 쌤은 이렇게 좋은 꿈을 엄마에게 선물하며
특별한 꿈으로 엄마에게도 와주었다.
엄마는 앞으로 네가 그리울 때면,
항상 이 꿈을 생각하며 위로받게 될 거야.

'쌤아, 엄마 꿈속에 와줘서 정말 고마워.'
지금 아이를 보내고 슬퍼하는 이들은
어떤 꿈으로 아이와 처음 재회하셨는지
그들의 이야기도 무척 듣고 싶어진다.

2021년 5월 22일

옷에서 슬픈 감정을 느끼며
아픈 시간들

우리 쌤이 떠난 지 7개월하고 19일째 되었다.
계절은 6월이라 어느덧 초여름으로 넘어가고,
아침 햇살은 너무도 화창한데 아마 쌤이 있었다면
지금쯤 산책을 나가지 않았을까.
하지만 지금은 나가야 할 명분도 없으니
그 어디에도 마음 둘 곳 없었다.
그러면서 나는 어떤 편치 않은 공허함이 찾아들고
불안한 듯 그의 옷을 만져본다.

나는 쌤을 보낼 때 좋아했던 옷 서너 벌과
담요는 화장할 때 함께 보냈고,
즐겨 입었던 나머지 또 몇 벌은 거실에 남겨 놓았는데
가끔 우리 쌤 생각이 날 때면 나는 종종 의자에 앉아
나는 옷에서 우리 쌤 냄새를 맡으며 마음을 위로받기도 한다.

또 옷에서 나는 냄새에는 우리만의 어떤 그때 그 시절의
행복했던 추억이 있다.
그중 아플 때 사 주었던 흰 바탕에 검은 줄무늬 티를 만져보니
택시 안에서 새근새근 가여운 듯 잠들던 모습도 생각났다.

'쌤아, 이 옷은 아플 때만 입게 되었구나.'

안쓰러운 마음으로 그 옷을 얼굴에 댔다.
그런데 그날은 여느 날과 다르게 특별한 냄새가 났다.
어쩌면 내 인생에서 한 번도 경험해 보지 못한
어떤 추상적인 냄새였다.
어떻게 표현하는 것이 맞을까.

이것은…
이 세상 냄새는 아니라는 것만은 분명했다.
또 그 느낌은 냄새라고 할 수도 없었다.

이것은 어느 가슴 깊은 곳에서 짙게 묻어나는 슬픈 냄새.
그리고 마음으로 누군가 울고 있다는 느낌도 들었다.
아픈 감정이 느껴졌고 또 슬픈 감정도 느껴졌다.
그러면서 이 냄새는 분명 살아 있었다.
어떻게 이런 느낌이 가능할까.

나는 지금
이 묘한 느낌에 슬퍼서 눈물이 흐르고 있으면서도
어렴풋이 누군가 옆에 있는 것도 같았다.
이런 느낌은 무엇인지 모르지만 나는 너무 슬퍼
쌤 옷을 안고 그만 흐느끼듯 울고 말았다.

그 후 항상 생각했다.
그날에 그 신비한 체험은 무엇이었을까.
냄새에도 감정이 있다니 참으로 어려운 숙제였다.

어쩌면 이것은 영원히 모를 수도 있겠구나.

그러던 어느 날
석 달이 지나서야 나는 알게 되었는데,
그들도 우리에게 자기의 슬픈 감정을
전해올 수 있다고 하였다.

아마 그때 쌤은 엄마의 슬픔 속에서 자기의 감정을 같이
공유하며 울었나 보다,
지금에서야 그가 얼마나 엄마를 걱정했는지 알 수 있다니….

어쩌면 그도 떠나야 하는 입장에서 엄마처럼 슬퍼서 같이
울었던 것은 아닐까.
그런 생각도 해보게 되면서 지금도 목이 메어온다.

이제는 우리가 헤어져 아픈 시간 속에서
또 앞으로 보내야 할 많은 세월 속에서
또다시 만날 긴 여정의 문턱을 넘어야 하는 이 시간이
서로가 얼마나 슬플지 알고 있어.

그러나 이런 과정을 거치고 나면 우리는 또다시
만나게 될 거야.

※

영의 세계가 얼마나 신비한지 또 한 번 알게 되었고,
사람의 머리로는 상상을 초월한 신의 섭리가
얼마나 큰지 우리는 죽어서야 알게 되지 않을까.

2021년 6월 12일

아빠 꿈
아빠 집으로 가요

처음으로 샘이 아빠 꿈에도 찾아왔다.
요즘은 우리 샘이 꿈속에 가족을 만나러 오면서
우리에 이어 아빠도 7개월 26일 만에
처음으로 꿈속에서 샘과 재회했다.

아빠 꿈속에서…

나는 어딘가에 있었고
그곳이 어딘지는 잘 기억나지 않지만,
아마도 시간이 많이 흘러간 것처럼 느껴졌다.
무슨 일인가 주위를 둘러보고 있는데,
그때 샘이 오더니.
'아빠… 이제 집으로 가요.'
하고 말했다고 했다.

아마도 샘이 지루했나 보다.
그제야 샘이 있었다는 것도 알아차리고
'그래… 샘아 집으로 가자.'
아빠가 또 주춤하자
샘은 빨리 가자며 멍멍 짖어대고,
성격이 급한 것은 아직 여전했다고 하면서

110

행복하게 웃었다.
그 순간 아빠가 일어서자, 쌤은 좋아서 꼬리를
흔들며 앞장서서 걸어갔고, 아빠도 뒤따라가면서
꿈에서 깼다고 했다.

토요일 아침.
남편은 좋은 듯 쌤의 꿈 이야기를
나에게 들려준다.
그런데 꿈속에서 쌤이 말을 했다며
어떻게 동물이 말을 하느냐고 신기한 듯
또다시 얘기를 했다.

남편도 그동안 쌤 꿈을 많이도 기다렸나 보다.
이제 우리 가족은 모두 다 쌤을 꿈속에서
재회하면서 가족의 기쁨이 되었다.

처음으로 아빠 꿈속에 찾아온 쌤은 말을 하는 특별한
꿈으로 아빠에게 와주었다.

쌤의 꿈은 언제나 가족의 기쁨이 된다.

2021년 6월 19일

나를 달래주는 쌤

우리 쌤이 떠난 지 8개월 13일 되었다.
시간이 지났다고 해서 쌤에 대한 슬픔이
나아진 건 아니었다.
매일 그런 것은 아니지만,
어느 날은 그 아픔이 또다시 원점으로
돌아가기도 했다.

하지만 이런 슬픔 속에서도 이제는 또
쌤을 보내줘야 한다는 마음 또한
서두르지 않을 것이다.
또 누군가를 보냈다면
그들에 대한 그리움들이 남아 있는 우리가 그들을
서서히 보내는 것을 떠난 이들도 원할지도 모른다.
우리는 모두 그 무엇도 급한 것은 없으니.

아이를 보내 봤다면 이 말의 의미를 알 것이지만,
개개인의 차이는 있을 수 있다.
또 누군가는 이런 일들을 이해하지 못할 수도.

내가 느낀바, 오늘같이 아픈 날에 우리는 마음을 더
감추기도 한다.

누군가가 눈치를 챈다면 위로해 준다면서 우리 앞에서

'뭘… 아직도 그래. 그때가 언젠데.'
하고 웃는다면
더 많은 상처가 될 것이고,
이것 또한 우리 곁을 떠난 그들에 대한 배려가 아니었다.

나는 항상 우리 쌤에 대한 배려를 잊지 않는다.
어쩌면 그것 또한 그들을 향한 사랑이기에.
특히 가까운 사람일수록 더 많은 상처가 될 수 있음에도
우리는 이미 안다.

오늘은 쓸쓸한 것도 같고,
나는 쌤 사진을 만져보며….
'쌤아 엄마는 아직
너를 보낼 준비가 안 되어 있는데 어떡하지.'
'보내줘야 네가 행복할까?'
엄마가 너를 붙잡고 있는 것은 아닌지
이런 생각을 하면서 나는 강한 마음을 먹지만
그러나 아직은 자신이 없었다.
나는 너무도 무거운 마음을 느끼면서
아주 천천히 할 거라는 마음은 언제나 변함없다.

그때 어깨 위에서 뭔가 느껴지면서 머리카락이
강하게 움직이고 있었다.

누군가 머리를 간지럽히고 있는듯했다.
그것은 우리 쌤의 에너지였다.

지금 아마 우리 쌤이 엄마를 걱정해 주고 있나 보다.
엄마 말대로 천천히 하면 된다고, 그러니 엄마
슬퍼하지 말라고.
시간이 지나고 또 때가 되면 다 괜찮아질 거라고,
아무것도 걱정할 것 없다고,
쌤은 머리카락 사이로 엄마를 위로해 주는 것도 같았다.

'그래 쌤아, 엄마는 아주 서서히 할 것이다.'
우리에겐 아무것도 급할 것이 없으니….

2021년 7월 7일

엄마 꿈
즐거운 시간

우리 쌤과 헤어진 지 9개월 20일째 되었다.
금요일 새벽 나는 우리 쌤의 2번째 꿈을 꾸는데
꿈속에서는 옛 시절일까.
아니면 천국일까.

너무도 아름다운 어느 공원 모래밭에
많은 사람이 즐겁게 나무를 심고 있었다.
아마도 쌤과 나는 이 공원에 놀러 왔나 보다.
나는 아름다운 모래밭에 앉아 쌤을 지긋이 바라보니
너무나 쌤이 사랑스럽다.

계절은 따뜻한 봄날처럼 보이고
수양버들 나무도 산들산들 봄바람에 흔들리며
'아휴… 꽃잎도 바람에 날린다.'
우리는 어느 행복 속에 있다.

또 주변엔 온 세상이 내가 좋아하는 연둣빛이고,
꽃들도 가득한 그 사이로 아침 햇살이 눈부시게
저만치 떠오르는 게 보이면서
물안개도 저편에서 가물거린다.
아마도 여기는 천국의 이른 아침인가 보다.

쌤은 뛰어다니며
주둥이를 땅에 대고 여기저기 뒹굴기도 하는데,
그 에너지는 아침 햇살에 반짝반짝 빛나고 있었으며
온 세상은 우리를 감싸 안은 듯 평화롭기만 하다.
나무 심는 것을 방해해도
우리 쌤을 야단치는 사람은 한 명도 없었고,
오히려 함께 즐거워하며 웃고 있다.

저리 좋을까?
나도 행복하고 사람들도 마냥 행복해한다.
꿈속에서는 우리 쌤이 하늘나라 간 것을 기억하지 못했고,
우리는 항상 그런 삶 속에서 살고 있는 것 같았다.

나는 우리 쌤 노는 모습을 가만히 바라보면서
행복한 미소를 거듭거듭 지으며
나는 잠에서 깨었다.
꿈을 깨고 난 후에도 나는 행복했다.
이렇게 행복한 꿈도 있을까.

아마도 쌤은 엄마에게 천국의 모습을 보여 주고
싶었던 것은 아닌지.
천국에서 나는 행복하게 잘 지내고 있으니
걱정하지 말라고.

또 어떻게 생각하면
아름다운 모습을 보여주며 슬픈 엄마를 위로해 주고
싶은 것은 아니었는지.

2021년 8월 13일

아빠 꿈
아빠를 바라보며

내가 쌤 꿈을 꾼 같은 날
아빠 꿈에도 쌤이 잠깐 두 번째 찾아왔다.

꿈속에서…

남편은 방에서 일을 하고
쌤은 옆에서 가만히 아빠를
바라보고 있었다고 했다.
그 순간 아빠는 쌤을 얼른 안고 보니
왠지 오랜만에 안아보는 듯했지만,
서로 떨어져 있는 것을 알지 못한 채
쌤을 안고 좋아했다고 했다.

그러면서 아빠는 '쌤아 우리 산책 갈까?'
그렇게 말하자 쌤은 기다렸다는 듯
품에서 뛰어내렸고, 빨리 산책하러 가자며
아빠를 졸라 대기 시작했지만
아빠는 쌤과 함께 산책을 가지 못하고
꿈에서 깼다고 했다.

아빠도 쌤 꿈을 다시 꾸었지만,

쌤과 함께 산책을 나가지 못한 것을 못내
아쉬운 듯 말을 했다.

남편은 아마도 쌤이 지금 집에 왔나 보다 하면서,
'어떻게 같은 날 엄마 아빠 꿈속에 올 수 있을까' 의아해했다.

우리는 신기한 듯 꿈 이야기를 나눴다.

2021년 8월 13일

여름휴가를 그려보며
너는 누구인가

어느덧 여름 휴가철이 되었다.
많은 사람이 휴가를 떠나고 있고
이런 시간들에서 나는 지난날 그리움 속에
어떤 짠함이 가슴에 밀려온다.

어렴풋이 강원도 하조대 바닷가 여름휴가가 생각나고 있었다.
우리는 쌤이 우리 곁에 오기 전부터 여름휴가를
해마다 가곤 했었지만,
고시텔을 하면서, 우리 쌤이 아프기 시작하면서
쌤을 떠나보낸 뒤 지금까지도 여름휴가를
가지 않았다.

그러나 언젠가는 가지 않을까?
아마도 그때가 온다면 지난날 17년을 넘게 함께했던
쌤과의 여름휴가가 떠오르며 당연히 그가 그리울 것이다.
그러나 지금은 휴가를 갈 시간이 없어 보이는 것이,
어쩌면 나에겐 다행일지도 모르겠다.

되돌아보니
오래전 어느 여름 강원도 하조대가 생각이 났다.
우리 가족은 하조대에 휴가를 갔었는데

남편이 홍합을 따오겠다며 바닷속으로 들어가자,
그것을 본 쌤은 놀라서 아빠가 왜 바다로 들어갈까
걱정이 되었나 보다.
그때 쌤 나이가 세 살 정도 되었을까.

밖에서 아빠를 향해 어쩔 줄 몰라 하던 쌤은
마침내 바닷속으로 헤엄쳐 들어갔고,
아마도 자기가 아빠를 구해야 한다고 생각했나 보다.
아들과 나는 걱정을 했지만,
쌤은 무사히 아빠가 있는 곳까지
헤엄쳐 가서는 나가자고 짖었고,
쌤은 그렇게 아빠를 데리고 바다에서 나왔다.
우리 가족은 그때 쌤이 수영을 하는 걸 처음 보면서
신기한 듯 바라봤다.
그러곤 자기가 아빠를 구했다며 좋아하던 모습이
아직도 눈에 선하다.

그는 어려서부터 그렇게 가족을 걱정하였고,
우리는 그런 모습에서 행복을 느끼면서 끈끈한 정을
쌓아가며 서로 특별한 정을 나눴다.

쌤아…
너 때문에 우리는 홍합을 먹지 못했지만 말이야
가족을 위해 헌신하는 너를 어찌 예뻐하지
않을 수 있을까?

그렇게 17년을 넘게 지내오면서 우리는 떼려야 뗄 수 없는
깊은 가족이 되어가고 있었다.

이제 네가 없으니
언젠간 휴가를 떠난다면 눈물이 날 것이고,
또 휴게소마다 우리의 추억도 되살아날 테니
어디를 가든 너는 우리 가족의 추억 속에서 영원히
함께하게 될 거야.

또 넌 어디서든 나름대로 가족을 챙기는 것을
사명으로 삼고 살았는지도 모르겠다.
그러지 않아도 되었을 텐데 말이지.
때로는 네가 똑똑한 것이 그저 미안하면서도
고마움을 받을 수밖에 없었어.

어쩌면 너는 그런 사명을 가지고 우리에게 왔을까.
또 우리는 무슨 복이 있어 너를 만났을까.
그것도 모자란 듯 집에 많은 복도 가져다주었고,
또 그것도 모자란지 우리 곁을 떠나면서까지
가족의 앞날을 걱정하였다.

너는 누구길래….

엄마 꿈
목도리를 하고 집을 지키다

우리 쌤이 하루 만에 꿈속에 또 찾아와
엄마와 재회했다.
쌤이 우리 곁을 떠난 지
9개월 21일 되는 날이기도 했다.

새벽에 나는
우리 쌤 3번째 꿈을 꾸게 되었는데,
사람들이 밖에서 웅성웅성거리며 모여있다.
나는 무슨 일이냐고 옆 사람에게 물어보니,
어디서 개 짖는 소리가 들린다고.

가만히 들어보니 글쎄… 우리 쌤이 짖는 소리였다.
나는 그 순간 우리 쌤이 하늘나라 간 것을 기억했기에
무슨 일인가 깜짝 놀라 급히 나가보니,
우리 쌤이 언제 왔는지
밖을 향해 큰 소리로 짖고 있는 것이 아닌가.

그 소리가 얼마나 우렁차고 쩌렁쩌렁한지 거기다가
에너지까지 넘쳐 배가 들썩들썩거리며 열심히도 짖고 있었는데,
그 모습을 많은 사람이 모여 쌤을 구경하고 있었다.

나도 그 모습이 좋기도 하고 또 웃음도 나지만
나는 여전히 우리 쌤이 하늘나라로 간 것을 기억하고 있었다.
그러면서 옆을 보니 덩치가 비슷한 쌤 친구도 보인다.
아마 쌤은 친구와 함께 와서 집을 지켜주고 있나 보다.

그런데 신기하게도 쌤은
목도리를 하고 있었는데 많이 본 듯하여 다시 보니
숭인동에서 아빠가 사 준 하나밖에 없는
그 목도리를 하고 있었다.

어머… 어떻게 저 목도리를 하고 왔을까.
이상한건 그 목도리는 처음 사주었을 때처럼
색이 하나도 바래지 않은 그때의 모습 그대로였으며,
지금 이 꿈 역시 얼마나 뚜렷한지 목도리 구멍까지도
선명하게 보인다.

그것을 보고 나는 놀라워하지만 여전히 지금도
꿈인 것을 안다.
그렇기에 나는 애틋한 마음으로 쌤을 바라보며
'쌤아 왜 이렇게 짖는 거야.' 하면서 쌤을 안으니
더 이상 짖지 않았다.

옆을 보니 아까 그 쌤 친구도 여전히 곁에 있었다.
'아유… 친구도 왔구나.'
나는 친구도 반가워하며

쌤은 오른쪽에, 쌤 친구는 왼쪽에 안고 좋아서
집으로 들어가면서 꿈에서 깼다.

우리 쌤은 하늘나라에 가서도 여전히 우리 가족을
지켜주고 있는가 보다.
그런데 지난 번 특별한 꿈에서처럼
이번 꿈에서도 또 친구를 데리고 왔다.

그리고 쌤은 아빠가 사 준 목도리도 하고 왔다.
꿈에서 이런 일들이 어떻게 가능할까.
나는 또 하나의 놀라운 경험을 하고 있었다.

그 목도리는 우리 쌤 용품들과 그동안 함께 있었지만,
지금은 아들이 따로 가지고 있다.

그는 형아가 자기 목도리를 가지고 있는 것을
더 좋아할지도 모른다.
왜냐하면 그런 형아의 마음을 잘 알고 있을 테니.
그는 형아를 많이 걱정한다.

우리는 요즘 사후세계의 신비한 것들을
쌤을 보내고 계속 경험하고 있고,
앞으로 어디까지 보여줄지 기대도 된다.
나는 오늘 또 하나의 사후세계를 알아간다.

2021년 8월 14일

엄마 꿈
거기는 천국일까

무슨 일인가.
요즘에는 우리 쌤이 꿈에 자주 찾아오고 있다.
나는 이날 새벽에도 4번째 꿈속에서 재회했다.

내가 우리 쌤을 마지막으로 화장터로 보낼 때,
평소에 내가 아끼던 빨강 흰색 줄무늬 면티 옷을
입혀 보냈다.
그것은 안타깝게도 이런저런 이유로
새 옷을 미리 준비하지 못했기 때문이다.

당일이라도 준비하고 싶었지만, 코로나19로 인해
세상이 어수선하니 남편은 시간이 없다고,
오늘 토요일이고 또 가족이 다 있으니 좋은 기회라며
그냥 보내자고 했다.
아마 쌤도 가족이 다 있는 오늘을 원할 것이라고 했다.

그 말에 우리 가족은 슬프지만 동의했었고,
그렇지만 너무나 마음이 아팠다.
또 어떻게 생각하면 낯선 옷보다는 정든 옷을 입고 가는 것이
쌤이 더 편안하게 생각할지도 모르겠다는
그런 생각도 들었다.

꿈속에서…

나는 그날 새벽, 꿈을 꾸는데 쌤은 어딘가
파란색이 강렬한 아주 넓은 강에서 혼자 돛단배를 타고
한가로이 시간을 보내고 있는 것을 보았다.

때로는 신나게 노를 저으며 왔다 갔다 왔다 갔다
하는 모습도 보이고,
또 때로는 에너지가 넘치도록 혼자 노는 모습도 보이면서
쌤은 정말 행복해 보인다.

그런데 특이한 것이 눈에 띄었는데,
쌤이 입고 있는 옷을 보니 마지막 보낼 때 입혀 보냈던
바로 그 빨강 흰색 줄무늬 면티 옷이었다.

아니 저 옷을 어떻게 입고 있을까.
나는 놀라서 내 눈을 의심했지만,
그 옷이 다시 확인되면서 또다시 놀라고 있었다.
그런데 나는 이 꿈에서도 우리 쌤이 하늘나라 간 것을
또다시 기억하고 있다.
어떻게 나는 항상 꿈에서 이런 기억들을 할 수 있을까.
그저 내가 놀랍기만 하다.

쌤이 놀고 있는 저곳은 어느 곳인가? 하늘나라인가?

지금 나는 꿈에서도 우리 쌤에게로 갈 수가 없다.
그것은 그냥 이미 알고 있는 어떤 앎에서
나 스스로 경계선이라는 걸 느낀다.

그렇기에 나는 멀리 떨어진 곳에서
쌤을 가만히 바라볼 수밖에 없었고, 바라보는 나는
마음 깊은 곳에서 어떤 잔잔하게 밀려오는
슬픔을 느끼며 눈물도 난다.
그러다 어느 순간 쌤은 보이지 않고 나는 꿈에서 깼다.

꿈속에서 입고 있는 그 옷을 다시 보니,
정겹기도 하고 어떤 짠한 마음이 가슴에서 깊이
울먹이기도 했는데,
그것은 새 옷을 입혀 보내지 못한 엄마의 마음이었다.

어쩌면 쌤은 그 옷을 입고 엄마에게
다시 보여주고 싶었던 것은 아닐까.
엄마 미안해하지 말라고 나도 이 옷을 좋아한다고
그런 깊은 뜻이 있는지도 모르겠다.

또 그들은 우리가 어떤 옷을 입혀 보냈더라도
거기에 대한 섭섭함을 보이지 않고
또 자기 주인이 어떤 선택을 하더라도
그들은 그저 묵묵히 받아들인다고도 했다.
그것은 아마

그들의 사랑이 너무 크기 때문은 아닐까.

쌤아 지금에서야 말이지만
엄마가 새 옷을 입혀 보내지 못해서 정말 미안했어,
하지만 네가 다시 그 옷을 입은 것을 보니 예쁘구나.

때로는 그곳에서
엄마가 생각날 때면 가끔 입어주렴.

2021년 8월 31일

엄마 꿈
악몽을 꾸다

쌤을 보낸 지 10개월 9일이 되었고,
새벽에 다섯 번째 쌤 꿈을 꾸었는데
나도 먼젓번 아들처럼 악몽을 꾼다.

꿈속에서…

무슨 이유인지는 모르지만, 우리는 쌤을 잠깐 시골에
보내고 있었던 모양이다.
그런데 갑자기 시골에서 쌤을 잃어버렸다는
연락을 받는다.
우리 가족은 놀라서 어찌할 바를 몰라 허둥대고 있었고,
그 심정이야말로 속이 다 타들어 가면서
나는 울고 있었다.

나는 겨울처럼 느껴지는 것을 보니
꿈속에서는 아마도 추운 겨울인가 보다.
이 추운 겨울에 나이 든 우리 쌤이 어디에서
헤매고 있단 말인가.
그러면서 그 걱정이 너무도 두려워서
온몸이 저려오는 듯했다.

악몽을 꾸면서 나는 꿈속에서 엉엉 울었고,
우리는 쌤을 찾으러 빨리 시골로 가자며 분주하게
준비하면서 시골로 떠나려던 찰나,
나는 깜짝 놀라 악몽에서 깨었다.

이것이 꿈이어서 얼마나 다행인가.
아직 눈에는 눈물이 고여 있었다.
지금 이처럼 예민하고 마음이 불안한 상태에서
이런 꿈은 정말 슬프다.

나는 한숨을 돌리고 보니
아직은 나도 아들처럼 심적으로 많이 불안한가 보다.
그래서 이런 꿈도 꾸게 되는 것이라고
나는 스스로 위로해 본다.
우리 가족은 쌤을 보내고 지금도 여전히 불안한 심리 상태에
머물러 있다는 것도 알게 되었다.

그러니 아들 역시 이런 악몽을 꾼 것이다.
앞으로 우리 가족은 다시는 이런 슬픈 꿈을 꾸지
않았으면 좋겠다.

우리는 꿈이었지만,
사실 이런 경험을 한 사람이라면
그 심정이 얼마나 타들어 갈지 짐작이 가고도 남는다.
그러기에 우리는

이런 가슴 아픈 일들은 일어나지 말아야 하기에
좀 더 그들에게 신경을 써야 하지 않을까도
생각도 해본다.

항상 좋은 꿈만 꾸라는 법은 없으니
모든 것을 편안하게 받아들이기로 한다.

쌤아⋯ 꿈이어서 정말 다행이야. 그치?

2021년 9월 2일

특이한 향수 냄새를 또 맡았다

쌤이 떠난 지 10개월 10일이 되었다.
오늘 아침 3호선 출근길이었다.
잠원역에 다다랐을 때,
맨 처음 고시텔 소파에서 처음 내 코에다 뿌려줬던
묘한 그 향수를 또 맡았다.

나는 그때 그 냄새를 기억했기에 금방 알아차릴 수 있게 되면서
아마도 지금 우리 쌤이 왔나 보다 생각했다.
그때와 똑같은 특이한 향수로 자기가 왔음을
엄마에게 알리고 있었다.
난 앞으로도 또다시 이 냄새를 어디서든 기억해 낼 것이다.

이 글에 쓰지는 않았지만,
예전에 우리가 즐겨 찾았던 어떤 추억의 장소에서도
똑같은 향수를 맡아본 적이 있었다.
쌤은 엄마가 쓸쓸함을 느낄 때 항상 곁에서 이 향수로
나를 위로해 주고 있는듯했다.

생각해 보니 그는 항상… 엄마 곁에 있었다.
나는 언제나… 혼자가 아닌듯했다.
또 그는 내가 기쁠 때도 옆에 있는듯했으며,

꼭 슬플 때만 있는 것도 아니었다.
그리고 보니 언제나 쌤은 내 곁에 있었나 보다.

엄마가 많이 걱정이 되었을까.

우리를 떠난 뒤에도 가족을 향한 그 사랑은 너무나도 깊다.
그러기에 나는 그가 나에게 왔음을 눈치챌 때마다
고마움을 전하며 또 때로는 사람들이 있는 장소에서는
텔레파시로 사랑을 전하기도 한다.

언젠간 또 엄마가 쓸쓸하다고 느낄 때,
너는 또다시 달려와 그 향수를 엄마 코에다
뿌려줄 것이다.

2021년 9월 3일

엄마 꿈
행복한 꿈

쌤과 헤어진 지 10개월 21일 되었다.
오늘 새벽에도 나는 또 쌤 꿈을 꾸면서
9월 들어 벌써 쌤과 두 번(여섯 번째)이나 꿈에서 재회한다.

나는 꿈속에서 아들 현소와 어디를 가고 있었다.
그런데 아들은 쌤을 품에 안고 있다.
우리는 아마도 쌤과 함께 산책을 하고 있나 보다.

그리고 어느 순간
쌤은 항상 그랬듯이 한쪽 다리를 가끔 절며
우리 앞에서 신나게 뛰어다니기도 하고
또 걷기도 한다.

나는 쌤이 다리가 아프지 않을까 걱정하면서
'쌤아, 엄마가 안아줄게' 하며 쌤을 안았는데,
살아 있을 때와 똑같이 포근한 감각 속에서
우리 쌤 냄새도 나고 그의 숨결도 느낀다.

아무것도 우리에겐 달라진 것이 없는 옛날 모습
그대로였으니, 그 행복 역시 변함없었다.
어찌 이것이 꿈이라 하겠는가.

그냥 현실이었다.

나는 꿈에서 깨고 나서도 어쩌면 이게 꿈이 아닌
우리가 어떤 차원에서 만난 것은 아닐까 하는
생각도 들었다.

우리는 떨어져 있는데 어떻게 이런 촉감과 냄새가
가능한 것인지.
정말 신기하기만 했다.

꿈이었지만 살아있는 우리 쌤을 안아 보면서
그는 그렇게 꿈으로 엄마를 위로해 주었다.
또 나의 축복이기도 했다.

이런 꿈은 아이들을 보낸 사람들이라면 다 간절히
원하는 꿈일 것이다.
쌤은 항상 좋은 모습으로 우리 곁에
와주고 있었다.

2021년 9월 14일

엄마 꿈
추석에 쌤이 코트를 입고 왔다

우리가 헤어진 지 10개월 25일 되었고,
9월 들어 쌤이 벌써 3번째 엄마 꿈속에 찾아오면서
모두 7번째 꿈속에서 나는 재회했다.

그런데 추석에 쌤이 코트를 입고 왔다.
쌤을 보내고 첫 번째 추석을 맞이하고 보니,
이것이 얼마나 슬프고 그리움이 사무치는 것인지도
나는 느낀다.
이런 쓸쓸한 추석에 쌤은 엄마 꿈속에 와줬다.

꿈속에서 나는…

유리로 된 높은 건물 앞에서 사람들과 일을 하고 있다.
그런데 얼핏 보니 양양 언니(친척)가 우리 쌤을 데리고
그 건물로 들어가고 있는 것이 보인다.

무슨 일일까?
나는 갑자기 마음이 조급해졌다.
일을 마치고 쌤을 빨리 데려와야겠다고
유리로 된 큰 건물로 문을 열고 들어서니,

건물 내부가 햇빛에 환하게 비추어서 그런지 눈이 부시다.

나는 주위를 둘러보니
우리 쌤은 아래층에서 내가 만들어준 겨울 코트를 입고 있었는데
쌤 역시 햇빛에 눈이 부시다.

어떻게 샘은 코트를 입고 왔을까.
꿈이 아닌 듯 칼라에 털과 단추도 옷 색깔도 그때 모습 그대로였으며,
돋보기로 보는 듯 너무도 선명하게 보이는 것이
진짜 쌤이 아래층의 햇빛 속에 있었다.

나는 이런 모습에 놀라하며
아래로 뛰어 내려가고 있었고 쌤도 엄마를 보았는지
좋아서 나에게로 달려온다.
아마 쌤은 지금까지도 엄마를 기다렸나보다.

반가워하는 쌤을 얼른 안고 보니 그간 그리웠던 마음들이
울컥 올라오며 눈물이 흐르지만,
쌤은 이런 엄마를 가만히 바라보고 있으면서
가여운 듯 그저 쳐다본다.

양양 언니는 나를 기다리다 지쳤을까
아래층에서 자고 있다.
요번 꿈에서는 우리 쌤이 하늘나라로 간 것을 기억하지 못했다.
그렇지만 어딘가 모르게 마음 한구석은 쓸쓸한 듯했고,

그런 슬픔 속에서 나는 슬픈 듯 기쁜 듯
쌤을 안고 밖으로 나오면서 깼다.
행복한 꿈이었다.

그런데 쌤은 계절의 감각을 잊었을까?
왜 추석에 코트를 입고 왔을까.

그러나 그것은 그의 마음이니 존중해줘야 하지 않을까.
그것은 어떤 깊은 뜻이 있을 것이다.
알 수는 없지만 엄마가 만들어준 겨울 코트를 입고
쌤은 추석에 와줬다.
또 어쩌면 그는 가족과 함께 추석을 보내고 싶어서 온 것은
아닐까도 생각해 보면서 그의 마음을 살펴보기도 한다.

그 어떤 것이라도 너의 모습은 언제나 가슴속에서
뭉클하게 사무친다.

2021년 9월 18일

애니멀 커뮤니케이션
동물교감

혹시 동물교감을 들어 본 적 있나요?
그리고 교감을 해보셨나요?

나는 우리 반려견 쌤을 보내고 동물교감이라는 것을
알게 되면서 잠시나마 그것을 생각한 적도 있었다.

또 누군가는 나처럼 본인의 반려견을 떠나보낸 뒤에야
동물교감이 있다는 것을 알게 될지도 모른다.
우리는 허탈함 속에서 무언가를 찾게 된다.

죽음이라는 선에서 처음으로 느껴보는 절박함이었다.
그 절박함 속에는 하루도 떼어놓을 수 없었던 내 아이가
가족이 없는 곳에서 어떻게 지내고 있는지.
또 우리 아이가 어디서 헤매고 있는 것은 아닌지,
그런 생각은 우리가 처음으로 떨어져 있는 것에 대한
초조함과 불안감에서 오는 것이기도 했다.

그러기에 이런 걱정은 아마 아이를 보냈다면 그 누구든
이 시기에 우리 모두 아주 슬픈 시간이 될 것이다.

또 아픈 내 새끼를 혼자 보내놓고 나면,

아직 아픔으로 남아있는 그들의 쇠약했던 마지막 모습은
눈에 선하게 다가오기도 했다.
그것은 마음에 큰 슬픔의 울림으로 한동안은
힘든 고비가 될 수도 있기에,
이 시기에는 혹 가족이 없다 하더라도
누군가 옆에 있어 준다면 좋을 것도 같다.

왜냐하면 내가 우리 반려견을 보내고 보니
너무도 슬픈 그들이 걱정되기도 한다.

그렇게 불안한 우리는 동물교감을 함으로써
그들을 다시 만날 수 있다고 했다.
나도 한때는 그렇게 해서라도 만나보고 싶은 마음도 있었지만,
난 그것에 대해서 깊이 생각하지는 않았다.
그저 절박함 속에서 말만 들었을 뿐이다.

나 역시 우리 아이를 보내고 동물교감이라는 것을 안 것이지만,
여기에는 많은 생각이 교차하였다.
어떤 교감에 있어서 서로 오해가 생기지는 않을까
나는 그런 것이 두려웠다.

잘 발달한 교감이 있는가 하면
어떤 교감은 전달이 잘못 올 수도 있기에,
만약 어떤 이유에서든 서로가 섭섭한 이미지를 남기게 된다면
나는 치명상을 입게 될 것은 뻔했다.

지금 이런 상태에서는
더 이상 살아갈 힘도 잃을지 모른다.
그래서 나는 차마 용기를 내지 못하고 말았다.
그때의 심정이란 반려견을 보내보지 않았다면
그 간절한 마음을 이해하지 못할 것이다.

어떤 이들은 교감을 한 후 만족감으로 지내는
사람들도 있다고 했다.
그렇게만 될 수 있다면 그것은 그들의 축복일 것이다.

그러나 난 여기에서 생각해 보니
다 좋은 이미지로만 만날까?

전해오는 모든 것에는
우리가 생각지도 못했던 어떤 벽도 있을 수 있고,
후회하는 사람도 있게 될 것이기에,
동물교감을 하는 것은 큰 용기가 필요할 수도 있겠다.

그렇지만 우리는 용기를 낼 수 있는 것도
또 용기를 내지 못하는 것도
다 본인의 결정에 달려있다.

그러나 나는 지금의 이대로 지낼 것이다.
또 그들은 그곳에서의 삶이 누구보다 행복할 수

있다고 하니 잘 지낼 거라는 생각에서
우리는 다시 용기를 내며 살아가야 하지 않을까.
그들이 떠나갔다고 해서 우리 곁에 없는 것은 아니었다.

그들은 오늘도 우리가 잘 살아가기를
바랄 것이다.

엄마 꿈
쌤이 에너지가 넘치다

쌤과 헤어진 지 11개월 17일 되었다.
추석을 보낸 뒤
나는 오늘 새벽에도 우리 쌤의 8번째 꿈을 또 꾸면서,
요즘 어떻게 쌤이 자주 꿈속에 올 수 있을까 하며
궁금해한다.

꿈속에서 나는…

우리 쌤을 안고 아들 현소와 어딘가 걷고 있다.
그런데 길가에는 무슨 꽃인지 모르지만
길 따라 쭉 예쁘게 피어있다.

아마도 지금은 봄인가.
이렇게 많은 꽃이 피어 있는 것을 보니.
우리는 이 아름다운 꽃들이 피어 있는 거리를 거닐며
마냥 행복하고 있고, 오늘도 나는 아들과 함께
쌤을 데리고 산책을 하는가 보다.

엄마 품에서 좋아하는 쌤은 덩치가 좀 커 보이는 듯 느끼며
나는 마음속으로 '언제 우리 쌤이 이렇게 컸을까?'
기쁨에 미소도 짓는다.

그런데 쌤이 갑자기 엄마 품에서 확 튀어 나가선
신나게 돌아다닌다.

쌤은 에너지가 넘쳐서
우리 곁에 가만히 있지 못하더니,
결국 어디론가 가버렸다.
그 순간 아들과 나는 깜짝 놀라 어쩔 줄 몰라 하면서
어떡하지 쌤을 잃어버리는 것은 아닐까
우리는 염려가 되어 어찌할 바를 모른다.

아들과 나는 보이지 않는 쌤을 찾기 위해 여기저기
뛰어다녔지만, 그 어디에도 쌤은 없었다.
우리는 걱정이 되어서
근심 어린 마음으로 쌤아 어디에 있니 하며
큰 소리로 '쌤아…쌤아…' 불러본다.

그러자 그 순간
어디선가 쌤이 달려와 짠하고 우리 앞에서
꼬리를 흔들며 좋아하고 있는 것이 아닌가.

'아휴 쌤아… 어디 갔다 왔어?'
'그렇게 좋아?'
'음… 요놈의 자식, 널 잃어버리는 줄 알았잖아.'

엄마와 형아가 널 찾아 얼마나 헤매고 다녔는데.

나는 행복해하며 다시 쌤을 안았고,
나는 안도의 한숨을 쉬면서 깼다.
이 또한 행복한 꿈이었다.

2021년 10월 11일

쌤이 기일을 앞두고 왔다
세 번째 발걸음 소리

우리가 헤어진 지 일 년이 돌아오고 있다.
너의 기일을 4일 앞두고
일 년 전 그때의 일들을 되돌아보니,
참 많이도 아팠고 또 얼마나 그를 그리워했던가.
그 아픔이 다시 살아나는 듯하다.

그러나 이제는
차분한 기억 속에서 지금까지도 쌤에 대한
사랑의 새벽 기도를 잊지 않았다.

이날도 기도를 마치고 나는 의자에 앉았는데,
그때 갑자기 내 앞에서 다닥다닥
누군가의 발걸음 소리가 들린다.
그러나 난 지금까지의 경험으로
우리 쌤 발소리라는 걸 얼른 알아차리게 되었다.

그의 세 번째 발소리였다.
어찌 엄마가 자식의 발소리를 시간이 흘렀다고 해서
잊을 수 있을까.

우리 쌤이 기일을 앞두고 집에 온 것이었다.

그때 나는 이미 우리 쌤 기일이 4일 전이라는 것도
알고 있었고,
일 년 동안 지켜본 또 하나의 결과이기도 했다.

'너의 기일을 앞두고
너무도 그리운 내 새끼가 집에 돌아와 가족과 함께 있으니,
우리는 아무것도 달라진 것이 없지만
엄마는 네가 보이지 않아 슬프구나.'

기일을 앞두고 가족이 그리워서 왔는지 아니면
슬퍼하는 가족을 위로하러 온 것인지는 알 수 없지만,
그는 지금 집에 왔다.

나는 감격에 눈시울이 뜨거워지면서
너를 보냈던 의자에 앉아 너의 옷을 안아 보니,
너를 안은 듯 너의 냄새가 나고 또 너의 냄새 속에서
어렴풋이 너를 보내던 그날 기억도 떠오른다.
얼마나 슬픈 시간이었던가.

이런 슬픈 기억들 속에서
이제는 옷에서 나는 우리 쌤 냄새도 서서히 사라져 가는 듯,
희미하고 그 어떤 것도 붙잡을 수 없음을 느끼게 되면서
너의 발소리 역시 곧 떠나갈 것이라는 것도
나는 안다.

이것 또한 붙잡을 수 있는 것이 아니기에,
언젠간 허망하게 바람처럼 사라져 갈 것이다.

우리에게 어떤 변화가 찾아온다고 하여도 엄마는
너를 잊지 않을 것이다.

2021년 10월 20일

쌤이 기일을 앞두고 왔다
현생에서 만났을까

또 이틀 후였다.
나는 쌤의 기일을 이틀 앞두고,
이날 새벽에 우리 쌤 9번째 꿈을 꾸고 있다.

우리 쌤이 아팠을 때 어느 날
이웃 친구들과 놀던 장소가 있었는데,
그 모습이 마지막 모습이 되면서
나는 우리 쌤이 이 세상에 서 있는 모습을
다시는 보지 못했다.

그것은 너무나도 슬픈 일이기도 했다.
나는 가끔 그곳이 그리울 때가 있었는데,
그럴 때면 나는 그 장소를 찾아가 때로는 앉아서
슬픔을 위로받기도 했다.

쌤은 기일 이틀 전에 꿈에 왔는데 바로 이 장소에서
아주 선명하고 또렷한 모습으로
바로 내 앞에 서 있었다.
그러면서 쌤은 웃는 얼굴로 나를 지그시 바라보았고
그 모습에서 어떤 애틋함을 느끼지만
나는 우리 쌤이 하늘나라 간 것을 기억하지 못한 채

쌤을 안고 좋아한다.

그 모습은 정말 살아있는 실체 같으면서,
우리가 오랫동안 함께 해왔던 세월이 묻어나는 천사 같은
노후의 모습 그대로인 그를 떠나보낼 때의 얼굴이었다.

혹시 내가 꿈이 아닌 환상을 보았을까.
얼마나 선명한지 쌤의 목주름까지도
선명하게 보이는 걸 보며 꿈에서 깼다.

나는 꿈을 깨고 나서 너무나 생생한 모습에 당황해하며,
내가 꿈을 꾼 건지
아니면 직접 쌤을 만난 것인지 알 수 없었다.
이렇듯 우리 쌤 꿈은 여전히 실제처럼 꾸고 있다.

그는 또 슬퍼하는 엄마가 걱정이 되었을까.
기일을 앞두고 그때의 마지막 모습을 다시 선명하게
엄마에게 보여주면서 또다시 그 얼굴에서 슬픔을
위로받게 해주었다.

그동안 이유는 알 수 없지만,
쌤은 꿈속에 좋은 모습으로 많이도 와주고 있다.
그러면서도 이상한 건 우리 쌤 꿈을 꿀 때면,
항상 새벽녘에 꾸고 있었다.
이것 또한 어떤 이유가 있는 것일까.

언제인가 책 속의 글이 생각났다.
우리의 사랑하는 이들이 우리 곁을 떠나도
어떤 행동과 생각은 그대로 가지고 간다는 글을 읽었다.

아직은 그의 성격을 볼 때
슬퍼하는 가족이 많이 걱정이 되는지도 모른다.

그러기에 그는 그때의 사명감으로 슬퍼하는 가족을
위로해야 한다는 생각에서 꿈을 통해
자주 오고 있는지도 모르며,
지금은 기일이니 그는 가족 생각이 나서
집에 왔는지도 모르겠다.

그 어떤 것이라도 우리는 눈물이 고인다.

2021년 10월 22일

쌤이 기일을 앞두고 왔다
사랑의 에너지

다음날이었다.

지금은 기일을 하루 앞두었다.

아침 11시쯤 지나자, 우리 쌤이 엄마 몸에

사랑의 에너지를 하루 종일 넣어주고 있다.

이미 나는 여러 경험으로 보아 쌤이 지금

내 곁에 있다는 걸 알아차린다.

앞서 말했듯이 기분을 좋게 만들어주는 이것을

나는 사랑의 에너지라 이름 지었지만,

또 이것을 다르게 표현해 본다면,

어쩌면 이것은 엄마를 걱정하는 마음에서 오는

치유의 에너지라고도 할 수 있다.

때로는 내가 그 속에서 치유되고 있는 것도 느꼈다.

앞에 말했듯이

파도가 사르륵 밀려오는 것 같기도 하고,

또 붓으로 살살 쓸어내리는 것 같다고 말했었다.

이것을 또 다르게 표현을 해본다면,

물결치듯 부드러운 느낌과 손길로 살살 쓸어내리는

그런 표현도 가능하다.

날아다니는 뭔가에 맞는 듯 짜릿짜릿했다고 표현한 것을
다르게 표현한다면,
전기가 오는 것 같은 찌릿찌릿한 느낌이라고도 할 수 있다.
그러면서도 이런 에너지의 특징들은
그 부위가 간질간질한 것이 공통점이었다.

그들과 접촉했을 때의 에너지는 큰 물방울이 출렁출렁
움직이는 것처럼 느껴지기도 하지만
그러면서도 손가락 몇 개를 피부에 대고 조물조물 가볍게 움직이는
그런 느낌이기도 했다.
그러나 이것을 표현하기란 여전히 불가능하기도 하다.
앞에서도 말했듯이 신비한 이것은
추상적이다라고 말하는 것이 어울릴 듯하다.

오늘도 나는 그의 사랑의 에너지로 마음이 치유되고 있었다.
이런 치유 속에서 그들의 사랑은 무한한 그 어떤 것임을
나는 또 깨달아간다.
내가 그에게 이렇듯 사랑받을 수 있는 자격이 있는지 생각하니
아무리 생각해 보아도 그런 것은 없었다.

그러나 그의 사랑은 너무도 크다.

2021년 10월 23일

쌤이 기일을 앞두고 왔다
쌤이 엄마 등에 업혔다

하루가 지나고 오늘 기일 새벽에
나는 또 너의 꿈을 꾸면서
우리 쌤과 나는 그동안 10번째 꿈에서 재회했다.

전날 밤 나는 아파트 복도에 서서 밤하늘을 바라보니,
네가 아팠던 마지막 모습이 슬픔 속에서
다시 아픈 듯 찾아들고 있었다.

이런 깊게 파이는 쓸쓸함은 우리 쌤을 보내고
항상 마음 깊은 곳에 여전히 내재되어 있으며,
누구나 마찬가지로 사랑하는 아이를 보냈다면
그것은 얼마나 오랫동안 아픈 시간 속에 있는지를
우리는 서로 이해하게 된다.

네가 간 지도 일 년이 되었구나.
쌤아 잘 지내니.
너의 꿈속 모습은 너무나 선명하게
네가 행복해 보였어.
그래서 엄마는 참 좋아.

내일 아침이 되면 너를 일 년 전 하늘나라로

떠나보내던 날이란다.
너도 이미 알고 있지.

그래… 며칠 전부터 너는 집에 왔고
지금 우리 곁에 있는 게 엄마는 느껴지고 있어.
너는 요즘 함께하고 있다고 여러 모습으로
또 꿈으로 보여주고 있으니까.

그렇게 나는 쌤을 그리워하며
그날 저녁 잠자리에 들었고
새벽에 깨어보니 우리 쌤 꿈을 또 꾸었다.

기일 날 새벽 갑자기 꿈이 선명하게
확 들어왔다.
이번에도 기일 이틀 앞두고 꿈속에 찾아왔던 바로
그 장소에 나는 또 있었다.
옆을 보니 우리 쌤도 아주 선명한 모습으로 있었다.
그런데 우리는 언제부터 이곳에 있었을까.
우리는 서로 기뻐서 어쩔 줄 몰라 한다.

나는 쌤을 안으려고 하자
어… 내가 양쪽 손에 짐을 들고 있는 것이 아닌가.
쌤을 안을 수가 없자 나는 짐을 들고 앉으며,
'…쌤아 …내 등에 업혀' 하니
쌤이 등에 냉큼 업혔다.

엄마는 너무 좋아 고개를 돌리며 쌤을 보고 있고
쌤도 엄마를 보면서 우리는 행복해한다.

나는 쌤을 등에 업고 양쪽 손에는 짐을 들고
우리는 뭐가 그리 좋은지.
온 세상이 우리를 위해 존재하는 것만 같은 행복 속에서
함께 집으로 가면서 깼다.

쌤아 너의 기일 날 아침에도 좋은 모습으로 엄마 꿈에
또 실제처럼 와줬구나.
엄마는 꿈이 아닌 정말 너와 있었을까.

정리해 보니
우리 쌤 기일을 앞두고
기일 4일 전 발걸음 소리
기일 이틀 전 나를 바라보는 꿈
기일 하루 전날 사랑의 에너지
기일 날 아침에는 업어 주는 꿈

기일을 두고 쌤은 이렇게 미리 와서 기일을 함께 보내면서,
또 엄마의 슬픈 마음도 위로해 주었다.
그러면서 여전히 그의 사랑은 무한했다.

그가 아직 가족과 함께하는 것을 보며
나는 언제나 기쁜 듯 슬픈 듯 가슴에 다가온다.

2021년 10월 24일

157

1부를 정리하며

꿈속이야기…

쌤이 우리 곁을 떠난 뒤 우리 주변에 머물며
어떤 에너지와 현상들로 우리 곁에 있었다.
그 후 우리 쌤이 무지개다리 건너간 것을 느낀 뒤로는
꿈속을 통해 가족을 만나러 오고 있었다.

그가 떠난 뒤 우리는 조급한 마음으로
꿈속에서 쌤을 만나보길 기다렸지만,
생각과 달리 그는 빨리 꿈속에 오지 않았다.
이것은 아마 아이들을 보낸 사람들이라면
우리 모두의 바람이기도 하지 않을까.

그러나 그는 우리 곁을 떠난 지 7개월쯤 되어서야
그를 꿈속에서 재회할 수 있게 되었는데,
이상하게 그 뒤로는 기다렸다는 듯 가족 꿈속에 정말
많이도 와주고 있었다.
이것을 내 나름대로 생각을 해보면
아마도 내가 그를 위해
축복의 기도를 매일 하기 때문은 아닐까도 생각해 보았다.

또 그 꿈들은 너무도 화사하고 선명하며
항상 실제 같아서 나는 많이 놀라기도 했다.
이렇듯 이상한 꿈들은 내 평생 꿔 본 적이 없지만
요즘 자주 꾸고 있다.
이것은 우리 가족의 또 하나의 축복이기도하다.

지금까지 여러 경험을 통해서 느낀 것은
그들이 떠난 뒤 그곳에서도 모든 것에는
처음부터 질서가 있는듯했고,
아마 꿈에도 어떤 규칙이 있는듯했다.

사랑하는 그들이 꿈속에 오기까지는 어떤 규칙에 따라
시간이 걸린다는 것도 나는 느꼈다.
바로 오는 것이 아닌 것도 같았다.

내가 느낀 것은 어쩌면 그들은 무지개다리 건너간 후에라야
꿈속에 오는 것 같기도 했다.
그러나 다른 사람의 말에 의하면,
그들이 떠나자마자 꿈속에 왔다는 말도
들은 적이 있었던 것 같다.
그러니 모든 사람의 경험은 다 다를지도 모르겠다.

아이마다 무지개다리 건너 하늘나라로 가는 시기도 다를 것이고
꿈속에 찾아오는 시기도 다를 것이다.
그것은 지난날 함께했던 시간에서

어떤 교감에 따라 다를 수 있다고도 했다.
다양한 경험은 함께했던 그들마다 다를지도 모른다.

※

나의 꿈에는 특별한 꿈이 따로 있었다.
내가 경험했던 특별한 꿈의 특징을 이야기해 보자면,
특별한 꿈에는 언제나 사물이 크게 부각되면서
꿈이 시작되었다.
그러면서 대낮같이 환하게 바뀐다.

나는 이런 신비한 꿈은 처음 경험해 보면서 아마도
우리가 꾸는 보통 꿈과는 좀 다르게 느꼈다.
꿈도 아주 특별한 꿈이 있다는 것도 쌤을 보내고 알았다.
여기에는 내가 알지 못하는 어떤 뜻이 있을 것이지만,
나 역시 알 수 있는 것은 없다.

「쌤과의 이별」
「우리들의 전생일까」
「엄마 꿈＿쌤이 천국에서 친구를 데리고 왔다」
「기일 날＿쌤이 엄마 등에 업혔다」

이 꿈들에서 사물이 크게 부각되었다.
앞으로 어떤 꿈에서 또 사물이 커질지
나는 지켜봐야겠다.

※

에너지에 대한 이야기

그들의 에너지에서 느낀 것을 본다면,
우리와 그들이 접촉했을 때 또는 가까이 있을 때,
어떤 전파 같은 것이 있다는 것도 알았다.
그러면서 접촉한 부위가 간질간질하기도 했는데,
나도 그것을 에너지라고 썼다.

그러나 이러한 느낌은 사람마다 다를 것이니,
정확한 건 없는듯하다.
왜냐하면 그것은
본인만이 느끼는 예민한 감각에 의해
구성되는 뜻도 다를 것이다.

그러니 받아들이는 마음 또한 다를 것이다.
모든 것은 그들 마음에 있다.

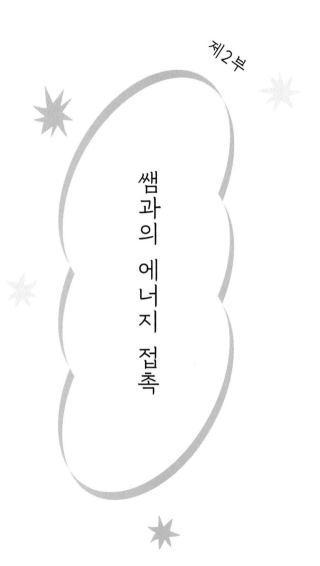

제2부

쌤과의 에너지 접촉

우리 쌤 일주기를 맞아

너를 그리워하며
어느덧 우리 쌤의 일주기를 맞았다.

그동안 깊게 파인 아픔의 시간을 보낸 지,
일 년을 맞이하고 보니 그래도 아픔 속에서도
시간은 흘러가고 있었다.

오늘 나는 너의 기일을 맞아
그때 심정으로 동네 한 바퀴를 돌아보니
우리의 마지막 그날이 떠오른다.
나는 그날 밤 너를 담요에 감싸 안고
가슴을 도려내는 듯한 슬픔 속에서
그동안 우리가 정들었던 곳에 이별을 고하던
그때 일이 아픈 듯 오늘 밤 다시 다가오고 있었다.

엄마는 그때 그런 심정으로 너를 보냈다.
그러면서도 불현듯 그것은 아직도 너무나 아파서
어느 날의 꿈이기를 바란다.

그러나 되돌아보니
이런 슬픔 속에서도 우리의 반려견 쌤은

어떤 에너지로, 또 향수로 꿈속으로 찾아와

엄마를 위로해 주었으며,

그가 걱정하는 그 사랑에서 다시 용기를 낼 수 있었다.

그런 1년이란 시간 속에서…

또 아픔 속에서…

때로는 그의 사랑의 기쁨 속에서…

힘든 시간은 조금씩 지나가고 있었다.

그렇다고 해서 지금은 괜찮다고 하는 것은 아니다.

누구나 그렇듯이 이런 상처는

괜찮을 수 있는 것이 아니기에

가슴에 묻는다는 게 맞을 것이다.

그렇지만 또 다른 한편에서 이해하려고 노력한다.

내가 경험한바 쌤은

에너지에서도 또 꿈속에서도 아주 행복했다.

우리가 어떤 모습으로 그들을 보냈든

그는 어떤 원망도 없는듯하고 오직 가족만 걱정하였다.

나는 그런 사랑에 항상 감탄한다.

※

오늘 밤도 나는 가을 하늘을 바라보며

쌤과 대화를 나눈다.

쌤아, 잘 지내고 있지… 그곳에서의 삶은 어떠하니?
그곳에 가족이 없어서 외롭진 않니?
또 친구들은 많이 사귀었니?'
언젠간 우리가 만날 날이 올 테지만
그 긴 시간을 기다려 줄 거지?
언젠간 엄마는 너를 만나면
그동안 너무나 그립고 보고 싶었다고
그리고 많이 미안했다고
그러나 이제는 우리가 만났으니 됐다고
우리 예쁜 쌤을 꼭 안아줄게…

— 너의 일주기를 보내며

2021년 10월 24일

166

쌤의 에너지 접촉
집에서

우리 쌤 기일이 4일 지났다.
나는 오늘 새벽 4시 20분쯤 잠에서 깬 후
누운 채로 일어나려고 다리를 움직이던 순간.
갑자기 알 것도 같은 에너지가 허벅지에서
부딪치며 움직이고 있었다.
처음에는 항상 놀라지만 차츰 시간이 지나면서 왠지
낯설지가 않은 것 같은 친근함이 느껴졌다.

나는 이미 알고 있지 않던가.
이 에너지는 쌤이 나와 접촉했을 때의 에너지였다.
큰 물방울이 부드럽게 움직이는 것 같으면서,
간질간질한 이런 느낌은 또 아주 강렬한 힘도 있다.
조금 뒤 다리가 풀리며 그 에너지는 사라지고 말았지만,
우리 쌤 에너지를 또다시 느껴보며
우리와 함께 있다는 걸 오늘 새벽에도 알게 됐다.
그는 여전히 우리 곁에 오고 있었다.

기일에 와서 아직 가지 않았을까?
아니면 다시 왔을까?
내가 알 수 있는 것은 없다.
그러나 그가 아직 우리 곁에 머물 수 있는 시간이

허락된 것이라면 그는 가족이 좋아서 있을 것이다.

생각해 보니 우리가 때로는 잠들었을 때,
사랑하는 그들의 접촉들을 모르거나 느끼지 못하고
잠을 잘 때도 있겠구나.
그런 생각도 들었다.

나는 지금에서야 이야기지만,
항상 이렇게 기도했다.

'쌤아, 집에 오면 왔다고 꼭 알려줘.
그래야 엄마가 쌤이 온 것을 알 수 있으니까'
'네가 온 것을 모른다면 엄마는 많이 슬플 거야'
난 그렇게 기도하며 알아차리게 해주기를 원했다.

그래서였을까.
그는 와서 내가 알 수 있도록 꼭 표시를 해주었고,
그렇기에 나는 알 수 있었다.

우리가 함께하는 이런 시간들은
우리에게 언제까지 이어질까.
한없이 길지는 않을 것도 나는 안다.

그 세계에서도 어떤 질서에 따라 살아간다는 것도
나는 이미 느끼는듯했으니.

쌤도 나름대로 생각이 있을 것이고,
떠나가는 시기도 있을 것이다.
쌤도 우리가 서로 많이 아프다는 것도 알 것이다.

2021년 10월 28일

쌤의 에너지 접촉
고시텔에서

나는 고시텔에서 점심을 먹고 난 후,
소파에 앉아 TV를 보고 있을 때였다.
오른쪽 다리에 오늘 새벽과 똑같은 에너지가 움직이더니
또 왼쪽 다리로 옮겨갔다.
그리고 조금 뒤에는 양쪽 다리에서 다 움직이고 있었다.

지금 쌤이 고시텔에서 나와 접촉했나 보다.
그러고 보니 새벽부터 지금까지 쌤은 엄마와
같이 있었을까.
이것이 얼마나 행복한지도 알지만,
이런 시간은 언제나 가슴을 찐하게 울린다.

그러나 눈물을 감추고 사랑이 담긴 목소리로
'쌤아… 쌤아…'
예전처럼 불러준다.
엄마의 목소리에 쌤이 오늘도 행복했으면 좋겠다.
그리고 조금 뒤였다.
이미 앞글의 쌤의 영혼과 같이 살다 시리즈에서와 같이
나는 또다시 그의 에너지에 놀라고 있었다.

조금 뒤 나의 팔에 닿고 머리에도 닿고 여기저기

부딪치며 그렇게 쌤은 엄마 옆에서 신나게 뛰어놀고 있었다.
쌤은 오늘도 정말 행복해 보이고
아마 엄마와 함께 있으니 좋은 것도 같았다.

우리는 그렇게 한참 동안 고시텔에서 함께하지만,
이것은 언제나 보이지 않는 환상 속의 기쁨이기도 하다.

나는 슬픈 듯 기쁜 듯 묘한 느낌이지만
그에게 고마운 사랑도 잊지 않고 전한다.
그것은 아주 그에게 중요했다.

이런 이야기를 그 누가 믿을 수 있을까.
지금까지 이 체험들을 느끼면서도 나 역시 항상
믿기 어려운 일이기도 하다.

또 사랑하는 반려견을 하늘나라로 보낸 사람들이라도
이런 경험을 해보지 못했다면 못 믿을 것이다.
우리 쌤이 영혼으로써 집이나 고시텔에서도
같이 놀았다고 하면 그 누가 믿겠는가.

글쎄… 어떤 이들은 내가 미쳤다고 할 것이다.
그렇지만 이런 놀라운 체험들을 글로 적어 책으로 펴내지 않았다면
이 또한 영원히 묻힐 것이다.
안 믿어지겠지만
모든 것은 항상 내가 겪었던 사실이다.

그러나 꼭 믿어야 하는 것은 아니다.

왜냐하면 이것은… 내 개인적인 경험이자 체험이니.

이것 또한 읽는 사람들의 몫이 아니겠는가.

사후세계…

저 건너편의 이야기는 더더욱 그럴 것이

항상 조심스러워지는 것은 사실이다.

2021년 10월 28일(윗글과 같은 날)

머리카락 사이로 오는 에너지

그동안 우리에게 반려견이 주는 어떤
여러 가지 에너지와 또 신비한 체험에 대해서는
그 느낀 바를 얘기한 적이 있지만,
머리카락 사이로 오는 또 다른 에너지가 있다는
그런 말은 하지 않았다.
그들의 에너지는 우리 몸 어디에든 존재하고 있었다.

그 느낌을 내 나름대로 좀 생각해 본다면,
나는 우리 쌤을 보내고
하루에 한 번 또는 이틀에 한 번씩 이것을
일 년이 넘도록 경험하며 지내왔고,
한동안 뜸했다가 또다시 이것을 느끼기 시작했다.

그들은 에너지를 몸에만 주는 것이 아니었다.
머리카락 사이에도 에너지가 온다.
그러나 이 에너지 역시 앞의 글과 같이
사람마다 느끼는 바가 다를 수 있다.

우리의 아픈 시간 속에서의 바람은 위로이다.
그렇기에 나는 머리카락 사이로 오는 에너지를 느낄 때,
오늘도 쌤이 잘 지내고 있다고 신호를 주는구나

그렇게 생각하며 위로를 받았다.

또 그 느낀 바를 좀 표현해 본다면,
머리에 그들의 에너지가 오면
고슴도치가 생각났다.
고슴도치의 가시가 움직이듯이 머리카락이 움직이는 듯하고,
또 때로는 쎄한 것도 느꼈다.

밤에 대밭길을 걸어갈 때 머리카락이 위로 빳빳이 스며
오싹한 그런 느낌이 아닌…
서로가 부딪치는 듯 움직이는 어떤 신비한
체험이기도 했다.
그러면서 간질간질 벌레가 기어가는 것 같기도 하다.

아이들을 보낸 다른 이들은 어떻게 느꼈을까.
그들 역시 체험은 또 달랐을 것이기에 설명하는 바는
모두가 다를 것이다.

우리는 그들이 떠난 뒤에도
그들의 사랑을 느끼며 살아간다.

2021년 11월 1일

엄마 꿈
편의점에서 기다림

지금은 쌤이 떠난 지 1년 10일되었다.
이날 새벽에도 여느 때와 마찬가지로
나는 기도를 마치고
다시 깜박 잠이 들었다.

다시 깨어보니
쌤 꿈을 꾼 것을 알았다.
나는 여전히 쌤 꿈을 11번째 꾸고 있었다.

평소에 우리는 아파트 앞 편의점에 자주 가서는
'쌤아, 여기 있어'
'엄마가 뭘 좀 사가지고 올 게' 하고
편의점으로 들어가면 쌤은 언제나 문 앞에서 기다리고 있었는데,
꿈속에선 이미 나는 편의점 안에 있었다.

그러면서 물건을 많이 사가지고 나오면서 보니
신기하게도 꿈에는 평소에는 없던 넓은 발코니가 있었는데,
쌤은 아빠가 사준 그 청재킷을 입고 발코니 위에서
평소처럼 엄마를 기다리는 듯했다.

그 청재킷을 보는 순간 너무 정겨워 다시 보니

175

색깔이 하나도 바래지 않은, 처음 입었을 때 모습
그대로인 것을 보며 나는 놀라웠다.
지금도 여전히 꿈속에서 그 청재킷이 너무도 잘 어울렸다.
나는 그 모습이 너무도 좋았다.

어느새 쌤은 좋아서 엄마 품에 꼭 안기고,
우리는 너무도 행복했지만 꿈속에서는
서로 헤어진 것을 몰랐다.
그러면서도 한편에선 아주 공허한 듯,
허탈함 속에서 나는 꿈에서 깨었다.

좋은 꿈이기도 했다.
그러고 보니 쌤은 그동안
꿈속에서 어떤 옷을 입고 오든 항상 처음 사주었을 때처럼
새 옷을 입고 온다는 것도 알았다.
아마도 그곳은 그런 곳인가 보다.

청재킷을 입은 모습에서 지난날
정겨웠던 모습을 보면서 행복했던 시간들을
새삼 생각하고 있다.

2021년 11월 3일

형아 꿈
쌤이 친구와 함께 산책 나감

내가 쌤 꿈을 꾼 지 3일 뒤
오늘 아들이 쌤 꿈을 세 번째 꾸었다고 했다.
언제나 쌤의 꿈은 우리를 들뜨게도 하는
마술 같기도 하다.

꿈속에서…

아들은 그날 재활용을 하고 있는데,
쌤은 느닷없이 친구를 데리고 집에 왔다고 했다.
그러더니 형아야, 빨리 산책가자며 보채기 시작했고,
쌤은 에너지가 넘쳐서 가만히 있지를 못했다고 했다.

같이 온 쌤 친구를 보니 키가 크고 아주 덩치가 큰
까만 아이 친구였는데, 그 친구 역시 에너지가 넘쳐
쌤처럼 가만히 있지를 못했다면서
그들은 아주 행복해 보였다고 했다.

여전히 쌤과 친구는 형아야, 빨리 산책가자며
계속 같이 졸라대는 바람에 얼마나 정신이 없는지,
마음은 급하고 재활용은 분리는 생각과 달리 빨리 되지 않아
꿈속에서는 속이 다 타들어 갔다고 했다.

안 되겠다 형아는 그들 성화에 문을 열어 주었고,
쌤과 친구는 형아에게 고맙다는 듯 쳐다보고는
둘이서 신나서 산책 가는 것을 보고 꿈에서 깨었다고 했다.
듣고 있던 나는 '쌤이 친구를 또 데리고 왔어' 라며,
아들과 나는 꿈 이야기를 하고
어떻게 쌤은 친구를 자주 데리고 꿈에 오는 걸까
궁금했다.

꿈이지만 참 신기하다며 우리는 또다시 쌤을 생각하고
행복한 미소를 짓는다.
정말 우리는 행복했다.

그러고 보니
꿈에 친구를 데리고 오는 것은 자주 있었던 일이다.
특별한 꿈에서도 친구를 데리고 왔고,
'목도리를 하고 오다' 에서도 친구를 데리고 왔고,
그리고 지금 아들 꿈에도 또 친구를 데리고 왔다.

꿈에 친구와 함께 오는 것을 보면 아마도 그곳에서
쌤은 친구들과 잘 지내고 있는가 보다.
그러니 우리는 다행이라며,
꿈 이야기 속에서 그를 많이 그리워했다.

또 언젠간 쌤은 다시 친구를 데리고
우리에게 오지 않을까.

2021년 11월 6일

178

우리 쌤 냄새
두 번째

지금은 쌤을 보낸 지 1년 16일 되었다.
어찌 생각해 보면 꽤 많은 시간이 흐르긴 했지만,
시간이 간다고 해서 그에 대한 사랑이 줄어든 것도 아니며
어떤 때는 오히려 더욱더 강해질 때도 있다.

또 어찌 보면 겨우 일 년이라는 시간 속에서
어떤 변화를 찾는다는 것은 너무도 짧은 기간이며,
그에 대한 배려도 아닐 것이다.

또 이와 다르게 대부분 사람은
떠나보낸 자기 반려견을 빨리 잊어 주는 것이
그들을 위한 것이며, 그래야 그들이
홀가분하게 떠날 것이라고도 했다.
그러기에 나도 우리 쌤을 보내기 전만 해도
그런가 보다 생각했었다.

그 어떤 것이 맞는지는 모르지만,
지금의 내 입장에서 보면 그들을 오래오래 기억해 주는 것이
그들을 위한 사랑이 아닐까도 생각해 본다.
그러나 모든 사랑은 사람마다 생각하는 바가 다를 것이니,
이미 떠난 그들은 그 어떤 것도 원망하지 않고

우리를 사랑한다는 것도 나는 알았다.

나는 또 이런 생각과 다르게 오히려 그가 내 마음에서 빨리
떠날까 봐 두려울 때도 있다.
나는 한 번도 그를 빨리 떠나보낼 생각을 해본 적이 없으며,
또 앞으로도 그럴 것이지만,
그랬다고 또 내 생각이 옳다는 건 아니다.
모든 것은 자기만의 사랑법이니까.

나는 이날도 고시텔 소파에 앉아 있으면서 피곤이
살며시 밀려왔고,
소파에 누워야겠다며 몸을 뉘는 순간이었다.
그런데 갑자기 우리 쌤 냄새가 강하게 코로 들어왔다.
'어 이것은 우리 쌤 냄새인데…'
생각지 못한 순간에 놀랐지만,
쌤은 내 코에 자기 냄새를 예전처럼 또 뿌려주고 있었다.

나는 지금 우리 쌤이 내 곁에 왔음을 금방 알아차리면서
갑자기 눈물이 핑 돌지만, 나는 그의 냄새에서 더 깊은
사랑으로 위로받고 있었다.
나는 이 행복한 냄새에 또 그리움이 사무치면서
지금 얼마나 그가 보고 싶은지
그것은 측량할 길이 없었다.

나는 그렁그렁 목이 메어왔고,

울먹이는 목소리로
'쌤아… 쌤아…' 부르며 돌아보지만,
항상 그렇듯 어떤 형체도 없는 것이
이것은 너무도 슬픈 일이다.

나는 이럴 때면 항상 울고 싶었다.
그렇다고 매번 울어서도 안 되는 일이었다.
이것 또한 엄마가 잊지 말아야 하기에
오늘도 나는 눈물을 삼킨다.

쌤은 살아있을 때와 똑같은 자기 냄새로
자기가 왔음을 엄마에게 알리고 있었고,
엄마를 위로해 주고 있었다.

책에서도 읽었지만 이런 선물은 정말 크나큰
그들이 주는 축복이라고 했다.
그러니 지금 나는 책에서처럼 큰 축복을 받고 있는 것이
틀림없을 것이다.

나는 이쯤에서 항상 의문이 간다.
꼭 위로해 주러 오는 것일까?
아니면 엄마가 보고 싶어,
또 가족이 그리워서 찾아오는 것일까.
그 어떤 것이라도 나는 행복하다.

어느덧 우리 쌤 냄새는 사라져 가고 있었다.
그 시간은 여전히 3초 정도밖에 안 되기에,
그러나 이 세상에서 제일 행복한 우리 쌤 냄새이며 또 영원히
이 엄마가 기억해야 하는 나만의 소중한
냄새이기도 하다.

그러고 보니 자기 냄새로는 2번째 엄마를 찾아왔다.
자기 냄새로 찾아온 적이 있었고 또 오늘이다.

오늘도 나는 우리 쌤에게 고마움도 잊지 않았다.

2021년 11월 9일

아이의 죽음을 내색하지 않은 이유

그를 떠나보낸 슬픔에서
아직도 가슴 깊숙한 곳에는 언제나
슬픔의 잠재의식은 있다.

때로는 아무렇지 않다는 듯 웃으며 살아가고 있지만,
아직도 내 의지와 상관없이 어떤 때는
울컥 눈물이 날 때도 있다.

또 그것은 어찌 보면
한 계단 한 계단 치유의 눈물이기도 하며,
슬픈 상처에는 그런 과정도 있다는 것도
나는 알게 됐다.

나는 오늘 아파트 복도에서 안면이 있고
나이가 많은 지인을 만나 이런저런 얘기 속에서,
그 사람은 문득 내 편인 듯 매정하게 이야기한다.

"벌써 쌤이 간 지도 일 년 되었지."
"글쎄, 사람도 죽는데, 그까짓 개 한 마리 죽은 것을 가지고 그러니…"
또 어떤 사람들은 유난을 떤다며 이렇게 말했다.
"아유… 자기 아비 어미가 죽었나…"

나는 생각지도 못한 말에 어이없어 놀라긴 했지만,
어쩌면 대부분 사람은 그 말에 동의할 것이며
또 다른 사람들은 또 다른 의미로
아주 아픈 상처로 다가올 것이다.

그렇기에 우리는
이런 깊숙한 감정들의 상처는 항상 조심스럽게
아무에게도 말하지 않으며 그냥 마음에 담고
살아가야 한다.

그러면서 반려견의 죽음은 개인이 어떻게 느끼든
그저 내색할 수 없는 나만의 슬픔이라는 것도 알았다.
나는 또 여기에서 이해가 되지 않는 것은
우리는 왜 우리 곁을 떠난 사람만을 슬퍼해야 할까.

반려견도 우리와 15년에서 22년까지도 함께하면서
그들도 사랑스러운 가족에 포함된다고 생각한다.
20여 년 세월을 그대로 사람에게 적용한다면
초등학교 중학교 혹은 대학에 들어간
그런 아이와의 이별이기도 하다.

또 어쩌면 사람 가족보다도
더 깊은 정을 나누며 산 사람들도 많다.
그런 우리는 왜 슬퍼하는 내색을 보이면 안 될까?

이런 말들은 반려견을 사랑하는
많은 사람의 아픈 상처가 될 것이고,
나 역시 그날 상처가 되었다.

그들도 반려견을 진정 사랑으로 키워봤다면
그런 말을 못 할 것이지만,
그동안 느낀 것은 선천적으로 동물을
싫어하는 사람들이 따로 있는 것도 같다.

그러나 난 여기에서 생각해 보면,
반려견을 보낸다 해서 다 슬픈 것도 아니며,
또 반려견을 키우지 않았어도
그들의 생각 역시 다 매정한 것도 아니었다.
이것은 오직 개개인의 어떤 생각의 차이에서 오는
동물을 바라보는 시선이 다를 뿐일 것이다.

앞으로 그들도 세상이 변해가는 세월에서,
생명이 있고 영혼이 있는 그 사랑스러운 존재를
언젠간 우리와 같은 생명이자 가족의 일원으로
바라볼 날이 꼭 왔으면 하는 바람도 있다.

또 가끔 답답하여 집을 나서다 밖에서 우연히
쌤 친구들을 마주치게 되면 나는 피하고 싶었다.
왜냐하면…
그들은 내가 아무 말도 하지 않음에

쓸쓸해 보였던 걸까. 그들은 나를 위로한다는 것이
"왜 이러고 혼자 다녀…"
"시간이 많이 지났는데…"
"이젠 잊어버려…"
"다른 강아지 한 마리 또 사…"
그렇게 아무렇지 않다는 듯 말하는 게
그들 나름의 위로하는 말이었다.

현재 반려견을 키우는 사람마저도
이 깊은 슬픔을 이해하지 못하기도 했다.
나는 누구에게 위로받고 싶다는 생각은 해보지 않았지만
그러나 꼭 나를 누군가가 위로해 준다면
이렇게 말해주면 좋았을 것 같았다.

살며시 내 곁에서
"쌤 엄마… 쌤 보내고 많이 힘들지?"
그 말 한마디면 족할 것이다.

만약 누군가 그렇게 말을 해주었다면,
나는 너무 고마워 그 자리에서 엉엉 울었을 것이다.
나는 단지 그런 말이 듣고 싶었을 뿐이다.
그러나 그렇게 말해주는 사람은 아무도 없었다.
그들의 생각 없이 하는 말이 얼마나 슬프고
상처받는 말인지 모르고 있었다.

그렇다.
그들은 아직 사랑하는 아이가 옆에 있으니
모르는 것이 당연하다.
나 역시도 모르고 있었다.
사랑스러운 우리 반려견 쌤이 옆에 있을 때는.

하지만 결국 모두가 알게 될 수밖에 없다.
사랑하는 이들이 언젠가 떠날 것이고 그때
어떤 위로의 말은 큰 상처가 되리라는 것을
우리는 알게 될 테니.

2021년 11월 19일

미스터리 낙숫물

오늘은 우리가 헤어진 지 1년 28일째 되었다.
일요일 새벽, 나는 오랜만에 몸이 아프다.
몸살감기 같기도 하고 많이 고통스럽다.
자주 아픈 나로서는 이제야 아픈 것도 이상했다.

새벽에 쌤에게 사랑의 기도를 하려고 앉았지만,
몸이 아파서 '쌤아, 오늘은 엄마가 도저히 안 되겠다.'
그냥 누워야겠다며 다시 방에 와 누웠다.

자리에 눕고 보니 몸이 불편한 듯하여 왼쪽으로
다시 돌아 누웠는데 바로 그때였다.
오른쪽 발목 복숭아뼈 바로 밑에 낙숫물이 똑똑 두 방울
떨어지는 것 같은 느낌이 왔다.
나는 이 느낌을 의아해하면서 깜짝 놀라 일어나 불을 켜고
양말을 보니 그 자리에 정말 물기가 보였다.

'어, 이게 뭘까?'
나는 너무도 당황해하며 아픔도 잊은 채 양말을 벗겨보니
그 자리가 역시 촉촉하게 젖어 있었고
손으로 물기가 만져졌다.

지금 이해할 수 없는 일이 일어났다.

꿈도 아니었다.

내가 혹시 아파서 제정신이 아닌가도 했지만

그러나 그것은 더욱 아니었다.

그때 나는 아프지만 정신도 또렷했었다.

도대체 지금 낙숫물이 이 새벽에 어디서 떨어졌단 말인가.

천장을 쳐다보고 둘러봤지만, 그 어디에도 물기는

보이지 않았다.

지금 벌어지고 있는 이 현상은 도대체 무엇인지

설명하기란 불가능했지만,

나는 차분하게 이 현상을 내 나름대로

생각을 해보기도 했다.

그러나 이것을 영적으로 본다면,

어쩌면 저 건너편에서는 말이 될 수도 있겠다.

지금까지 쌤을 보내고

수많은 미스터리를 자아내지 않았던가.

이것도 그중 하나일 수도…

그동안 쌤은 엄마가 항상 자기에게 기도하는 것을 봐왔고,

지금 엄마가 아프니 안쓰러운 생각에

눈물을 흘렸던 것은 아닐까.

그런 생각도 해보게 되면서 어찌 보면
그들의 사랑이 너무도 크기에 가능성도 있지 않을까.
그렇지만 이것 또한 나는 영원히 모를 것이다.
이 신비하기만 한 낙숫물은 아마 이 세상에서는
영원히 풀 수 없는 미스터리가 될 것이다.

또 이제야 하는 이야기지만,
나는 하룻밤만 잠을 설치면 그 이튿날
일상생활을 하지 못할 정도로 두통에 시달린다.
66년이 넘도록 그렇게 살아왔었다.

그러나 나는 쌤을 하늘나라로 보낸 그 슬픔과 절망 속에서
1년 하고 28일 동안 하루에 서너 시간 밖에 못 잤는데도,
단 한 번도 아팠던 적이 없었다.
그런 시간 속에서 이제야 아픈 것도
참 이상하지 않은가?

때로는 내가 왜 이런 상황 속에서도 아프지 않을까
항상 의아해하며 지금까지 지내왔다.
예전에 이와 같았다면 아마 병원에 몇 번이고 실려 갔을 것이고
실제로도 과로로 병원에 간 적도 있었다.
왜 나는 아프지 않을까?
이것을 신기하게 생각한 적도 많았다.

이 모든 것이 어떤 영적인 힘은 아닐까?

그런 생각도 해볼 때도 많았지만,
어쩌면 이것 또한 영원히 모를 것이 분명하다.

또 이야기하자면 나는 쌤을 보내고
새벽 기도를 지금껏 한 번도 거른 적이 없었다.
우리 쌤을 항상 사랑했듯 떠난 뒤에도 그렇게 기도로
엄마의 사랑을 전해왔다.

사실 이것은 알고 보면 나를 위한 기도이기도 하다.
이렇게 기도로 나의 아픈 상처를 그동안 치유해 오고 있었다.

※

저 너머 세상에는 남이 알지 못하는
엄마와 쌤 사이에 사랑의 이해관계가 존재하고 있으니,
우리는 그렇게 사랑의 끈으로
서로 연결되어 살아가고 있는듯하고,
이것 또한 우리만이 알 것이다.

2021년 11월 21일

겨울 나비

월요일 퇴근길이었다.
나는 지하철에서 내려
집 근처 공원을 천천히 거닐고 있었다.

겨울 찬바람이 지난날 이곳의 아픔을 일깨워 주지만,
또 쌤과 거닐던 정겨웠던 곳이기도 하기에,
나는 여기서 뭔가 위로받는 듯했다.

이제는 우리의 따듯한 이런 기억들은 마음에 머물고
또 나머지 다른 기억들은 이젠 찬바람 속에 어디론가
멀어져 가는 듯, 그렇게 무정한 시간은 말없이
흘러가기도 한다.

또 아프게 떠오르는 기억들 때문에
이곳에서 밤하늘의 별들을 보며
쌤을 부르며 많이도 울었었다.
고마운 장소이기도 했던 이곳에
오늘도 난 잠시 머물러 있으니
어디선가 꿈인 듯 찬바람 속에서 겨울 나비 세 마리가
내 주위를 맴돌고 있었다.

나는 눈이 휘둥그레졌다.

이 추운 12월 겨울밤에 웬 나비일까?

내 평생 한 번도 들어본 적 없지만,

그러나 내 앞에 알 수 없는 베이지색 나비가 세 마리 있었다.

'어머… 얘들은 어디서 왔을까?

혹시… 우리 쌤이 보냈니?'

나는 신기한 듯 나비를 바라보며 쌤을 생각해 본다.

저세상에서는 자신이 옆에 있음을 알릴 때

나비도 보낼 수 있다고도 하지 않던가.

아무래도 쌤이 내가 지금 엄마 옆에 있다고

울적한 엄마를 위로해 주려고,

나비 세 마리를 보낸 것은 아닐까.

'쌤아, 너도 보고 있니?

나비가 참 예쁘지.'

많은 책들이 말한다.

이 세상은 또 다른 세상과 함께 공존한다고.

그 말에 따르면 이 모든 불가사의한 일은

쌤과 내가 연결되어 함께하고 있음을 증명한다.

이유가 뭐든, 지금 이곳에서 나는

겨울 나비 세 마리에 쓸쓸한 마음을 위로받는다.

나는…
잠시 그곳에서 나비들을 뚫어져라 바라보고 있었다.

2021년 12월 6일

아모향수

쌤을 보낸 지 1년 1개월 23일 되었다.
고시텔 사무실을 답답하게 느낀 나는
잠시 바람을 쐬기 위해 서초 아파트 도로를 거닐고 있었다.
아직 마음 한구석엔 여전히 아픈 듯 안 아픈 듯
나를 감싸 안는듯한 어떤 편안함도 찾아들고 있다.

어쩌면 남은 인생은 이렇게 살아가야 할지도 모른다.
그렇다고 해서 그것이 나쁜 것인가도 생각해 보았다.
모든 상처를 지우개로 지워버릴 수 있는 것이 있다면
그것은 또 좋은 것일까.
사람마다 생각에 차이는 있겠지만,
내 입장에서는 나쁜 것도 아니다.

나는 다시 생각해 봐도
함께했던 사랑하는 내 아이를 금방 잊는 것도
그 아이에 대한 예의는 아니라고 생각한다.
그렇다고 슬퍼야 한다는 말은 절대 아니다.

이것은 내가 겪어 보니
잊고 싶다고 해서 잊혀지는 것도 아니고,
또 생각하고 싶다고 해서 생각나는 것도 아니었다.

오랫동안 함께했던 그들의 깊은 사랑에서
우러나는 자연스러운 마음일 뿐이었다.

그렇게 지독히 사랑했던 본인 반려견을
또 그들의 사랑을 어찌 쉽사리 보내겠는가.
그들도 마찬가지로 생각하는 동물이라 했기에
깊은 정은 다 같을 것이다.

나는 그런 생각을 하며 거닐고 있으면서,
"쌤아, 올겨울은 춥지 않고 따뜻했으면 좋겠어.
그치? 너도 그랬으면 좋겠지?"
때로 사랑이 담긴 이런 말을 할 때면 종종
쌤을 감각적으로 예민하게 느끼기도 한다.

그때 어떤 향수가 나를 멈추게 했다.
이 향수 역시 처음에 고시텔 소파에서 뿌려주던
바로 그 묘한 향수였다.
오늘도 여전히 이것은 무슨 향수인지 모르겠지만,
자기가 왔음을 알릴 때 이 향수로
엄마의 마음을 편안하게 해주기도 한다.

이것은 우리만 아는 향수라 앞으로
이것은 '아모향수'라 이름 지어야겠다.

아마 쌤이 지금 나와 같이 있나 보다.

어떤 신호를 받을 땐 항상 딱 3초 정도라는 것도
나는 기억해야 한다.
꽃도 없는 12월에 웬 향수인지는 모르겠지만 그러나
꽃 향수는 아니다.

내가 어디에 있든 쌤은 여전히 엄마 옆에서
있는 듯 없는 듯 함께하고 있으며,
또 언젠간 엄마가 그리울 때면 너는
이 아모향수를 뿌리며 엄마에게 또 달려와 주겠지.

2021년 12월 17일

내 고향의 그리움

쌤이 떠난 지 1년 2개월 되었다.
오늘은
크리스마스이브이기도 하고 또
남편 생일날이기도 했다.
나는 아침 출근길에 집을 나오면서
무언가를 보고 가슴이 쿵 내려앉았다.
그것은 '재개발 정밀 안전 모금'을 진행하겠노라 하는
플래카드였다.

그동안 얼마나 이날을 기다렸던가.
쌤과 함께할 때부터 손꼽아 기다렸던 일이지만,
그때는 당연히 우리 쌤이 떠난 뒤를 생각하지 못했다.
이제 그를 보내고 나니
재건축이 한 발짝 한 발짝 다가오는 일도
그때와 다르게 그리 반가운 것만은 아닌 듯했다.

쌤과 함께했던 이 아파트는 우리에겐 너무나 소중한 곳이며
또 많은 추억이 묻어있는 곳이기도 하다.
이젠 이런 시간과 마주하고 보니 이것 또한
너무도 슬픈 일로 다가왔다.

앞으로 재건축이 되어 근사한 아파트에 간다면
싫을 사람은 없겠지만, 나는 어떤 슬픔을 덮을 수 없었다.
그동안 사랑하는 우리 가족 여섯 식구가 살았던 이곳이야말로
그 어떤 집보다 행복한 추억이 있기 때문이겠지.

엄마에겐 그 추억은 아주 소중하단다.
앞으로 새 아파트에 다시 간다 해도 엄마는 여전히
지난날을 그리워하며, 지금 이 집의 추억 속에 머물면서,
우리의 행복했던 꿈을 꿀 것이다.

책에 보니, 사랑하는 이들이 떠난 뒤에도
그들은 가끔 집을 방문한다는 글을 읽었다.
그 말 역시 맞았다.
우리 쌤도 가끔 와서 우리와 함께하고 있지 않던가.

앞으로 세월이 더 많이 흐른 뒤에 언젠가 쌤이 왔는데
정들었던 이곳이 사라지고 없다면,
크게 실망하진 않을지 또 섭섭하진 않을지도 생각해 본다.
쌤 역시도 함께했던 이 집을 엄마처럼 그리워하지 않을까.

나 역시 10살에 고향을 떠나오고 많은 시간이 흘러서야
고향에 갈 수 있었다.
하지만 설레는 마음도 잠시,
개발되어 사라진 마을을 마주하자
내가 그토록 그리워하던 고향은

더 이상 그곳에 존재하지 않았다.
참으로 허무했다.
'우리 쌤 역시 그런 날이 오겠구나.' 생각하니
가슴이 짠하다.

그러나 누구의 잘못이란 말인가.
세상은 빠르게 변하고 있고 우리도 함께
변하고 있다.

이 모든 변화에는
누구에게나 감당할 몫이 있다.
나 역시도 이겨내야 할 몫이 있고,
슬퍼도 묵묵히 걸어가야 할 길임을
나는 깨달아간다.

2021년 12월 24일

엄마 꿈
슬픈 꿈의 메시지

네가 떠나간 지 1년 2개월 28일 되었고
다시 2번째 설을 맞이하면서
난 오늘 새벽 우리 쌤 12번째 꿈을 또 꾸고 있다.

꿈속에서 쌤은 언제 왔을까.
우리는 예전에 항상 함께했듯이
공원 엘리베이터 옆에서 산책 중이다.

그런데 쌤은 아빠 옆에서 가만히
엄마를 바라보면서 웬일인지 많이 슬퍼 보였다.
무슨 일일까?
지금까지 우리 쌤 꿈은 항상 에너지 넘치고 때로는
웃음을 자아내던 행복한 꿈이었는데, 오늘은 달랐다.

나도 그 모습에 같이 슬퍼지면서 목이 메어오고
또 눈물이 촉촉이 젖어 든다.
아직 슬픔의 그늘에서 이런 꿈은 너무도 아프다.

나는 이런 아픈 꿈을 꾸면서도 이상하게도
우리 쌤이 현재 하늘나라로 간 것을 떠올린다.
그렇기에 나는 지금의 이 순간이 얼마나 슬픈지,

흐느끼는 가슴의 울림을 깊이 느끼면서
남편을 향해 소리친다.
"자기야… 쌤왔어!"
그렇게 소리치며 나는 쌤에게로 뛰어가고 있고,
끝내 나는 슬픔을 참지 못하고 그만 흐느껴 울고 말았다.
그러면서 쌤을 안으려는 순간 슬프게 나를 바라보던 쌤은
갑자기 하늘로… 뿅! 하고 사라져 버리는 것이 아닌가.

이게 무슨 일일까.
나는 이 상황이 너무도 당황해 깜짝 놀라 꿈에서 깼다.
그러면서… 왜… 이런 꿈을 보여주는 것일까를 생각해 본다.
엄마가 자기에게 달려오는 걸 알면서도
쌤은 왜 엄마를 피해야만 했을까?

하지만 지금까지 경험을 볼 때,
이 꿈은 어떤 메시지를 전하고자 함이 틀림없었다.
그러니 이 꿈에는 꼭 그래야만 했던 어떤 이유가 있었을 것이고
그냥 꾸는 꿈은 아닌 듯했다.

책에서 읽었다. 꿈들은 다 계획하고 오는 거라고.
누군가의 꿈속에 방문하는 게 결코 쉬운 일이 아니라고.
그렇기에 아무리 사랑하는 이들이 떠나도 우리 꿈속에는
한두 번밖에 오지 못하는 이유도 이 때문이라고 했다.
하지만 우리 쌤은 그것을 초월했다.
우리는 얼마나 많은 꿈을 함께하였는가!

그것만 보더라도 그가 가족을 얼마나 사랑하는지 알 수 있는데,
그런 우리 쌤이 아무런 이유 없이 이런 꿈을 보여줄 리 없었다.
쌤은 그런 아이가 아니다.
그러면서 슬픔 속에서도 여전히
꿈은 항상 실제처럼 옆에 있는 듯 뚜렷하고 선명하다.

나는 항상 궁금하다.
우리 쌤 꿈은 왜 이렇게 선명할까.
그리고 꿈인지 현실인지 잘 분간이 안 간다.
난 지금까지 살면서
이렇듯 선명하고 화사한 꿈은 꾸어본 적이 없다.
오직 우리 쌤 꿈만이 이러하다.
여기에는 어떤 비밀이 있는 것일까.

'쌤아, 괜찮아.
지금은 엄마가 이 뜻을 모르지만
좀 시간이 지나고 나면 알 수 있을 거야.
그러나 마음에서는 이미 알고 있는 것도 같아.
이제는 어떤 뜻이 담겨있든 엄마는 각오가 되어있어.'

이유가 뭐든 엄마는 항상 쌤이 하는 일은 잘하고 있다고
뭐든 괜찮다고 그러니 이제는 엄마 걱정할 것 없다고
나는 쌤에게 사랑의 마음을 전한다.
영혼으로써도 항상 가족을 생각하는 그 마음이

얼마나 큰지 고마울 뿐이다.

그리고 앞으로 꾸게 될 꿈을 관찰하면서
네가 엄마에게 전하고자 하는
메시지가 뭔지 알아갈 것이다.

2022년 1월 21일

형아 꿈
슬픈 꿈의 메시지

쌤이 떠난 지는 1년 3개월 19일 되었고,
내가 앞에 슬픈 꿈을 꾼 지는 22일 되던 날.
아들도 4번째 슬픈 꿈을 꾼다.

아들 꿈속 이야기에서…

아들은 쌤을 데리고 어딘가에 갔었는데
아마도 산책은 아니었나 보다.
쌤을 데리고 왔지만 뭔가 할 일이 있었는지,
아들은 쌤을 어느 계단에 외로이 혼자 남겨두고
"쌤아, 형아가 어디 좀 빨리 다녀올 테니
여기서 기다리고 있어."
그러면서 아들은 어딘가에서 시간을 보내고
갑자기 계단에 남겨두고 온 쌤이 생각나
그제야 빨리 와보니
그때까지 형아를 기다리고 있었다고 했다.
아들은 얼른 가서 쌤을 안았고
'내가 왜 이제 왔을까!'
자책했다고 했다.
그때 옆에 있던 아저씨가 아쉬운 듯 말을 했다.1
"아까 얘가 계단에서 자고 있던데,

좀 빨리 왔으면 좋았을 것을…"

그런 슬픈 과정에서도 아들은
지금 쌤이 이 세상에 없다는 것을 기억했고,
그러기에 슬퍼서 울먹이는 목소리로
"지금은 이 아이가 세상에 없어요." 하니
그 말을 듣던 아저씨는 이렇게 말했다.
"이제 슬픔일랑 여기에 남겨두고 가라."
그 말에 너무도 깜짝 놀라 깼단다.

여전히 아들은 울먹이는 듯 보였다.
그 순간 아들이 얼마나 슬퍼했을지 짐작이 갔다.

그 꿈 역시 나와 같았다.
이 꿈은 서로 연결되어 있었고, 아마 형아에게도
같은 어떤 메시지를 주고 있다는 걸 느끼게 되었다.
그는 아마도 조금씩 조금씩 우리에게서
정을 떼가고 있는지도 모르겠다.

"슬픈 꿈이구나…"
그렇게 별다른 말 없이
아들과 나는 우리의 슬픈 꿈을 공유한다.
나도 그동안 많이 슬퍼서
아들의 마음을 위로해 주지 못했다.

현소야…
지금은 슬프지만 세월이 저만큼 지나고 나면,
우리는 서로 웃으며 지난날 꿈 이야기를 하겠지.
그러나 지금은 아픈 상처를 각각 달래가며
아린 마음을 다독인다.

그러면서 나는 아들이 지금의 이 슬픔들을 잘
극복하길 바라고 있다.

2022년 2월 12일

엄마 꿈
쌤이 다시 떠나는 꿈

우리 쌤이 떠난 지 1년 3개월 27일 되었다.
슬픈 꿈을 꾼 지는 1달쯤 되어서
오늘 일요일 새벽 나는 쌤 꿈(13번째)을 또 꾸고 있다.

그런데 쌤이 우리 곁을 다시 떠났다.

꿈속에서…

남편과 나는 어느 바닷가가 보이는 곳에서
쌤과 함께 어디론가 가는 중이다.
그러나 어떤 슬픔이 보이는 것을 보니
아마 산책은 아닌가 보다.

그런데 쌤이 안 보인다.
"자기야… 쌤 어디 갔어…?" 묻자
남편도 모르겠다고, 그때 옆에 있던 어떤 꼬마가
"저쪽으로 가던데요?"
바닷가 쪽을 가리킨다.

나는 아이가 가리키는 쪽을 조급하게 뛰어갔더니
정말 쌤이 바닷가 저만치에서 엄마를 가만히 바라보고 있었는데 쌤은 먼저 꿈처럼 많이 슬퍼 보였다.
또 무슨 일일까.

그것을 보는 나는 깊은 아픔이 느껴지면서
마주 보고 있는 이 순간이 너무나도 애달프다.
쌤은 왜 자꾸 이런 슬픈 모습으로 있을까.

그 순간 나도 슬픔을 참지 못하고 눈물이 흐르지만,
이상하게 나는 요번 꿈속에서도 현재 우리 쌤이
하늘나라 간 것을 기억했다.
그러면서 바로 앞에 꾸었던 꿈도 기억했다.
어떻게 이런 꿈들이 가능할까.

나는 앞의 꿈에서처럼 또 우리 쌤이 사라질까 봐,
있는 힘을 다해 뛰면서 "쌤아! 쌤아!" 부르며
이번에는 제발 거기에 있어주기를
꿈에서도 간절히 바랐다.

특이한 건, 뛰어가면서도 계속해서
'이것은 꿈이다'라는 자각을 마음에서 놓지 않는다는 것이다.
어떻게 꿈인데도 항상 이럴 수 있을까.

내가 자고 있었을까?
아니면 정말 현실이었을까?
모든 것을 다 기억하고 있고 이 꿈 역시 너무나

선명하고 뚜렷하면서 대낮같이 밝다.
이렇듯 우리 쌤 꿈은 항상 놀랍기만 하다.
달려가 마침내 쌤을 안고 소리 내어 울었다.

쌤의 털 하나하나 촉감이 감미로웠고 살아 있을 때처럼
그의 숨결이 느껴졌다.
나는 슬픈 마음으로 그의 얼굴을 어루만지며
"쌤아, 왜 혼자 여기 와 있어?" 하니
쌤이 엄마를 바라보며 말한다.

"엄마… 아빠에게 빨리 가자.
내가 할 얘기가 있어."
나는 깊은 슬픔에서 쌤을 데리고
아빠를 만나자 쌤은 우리 앞에서 이렇게 말했다.
"이제는 앞으로 내가 꿈속에 못 와.
그러나 몇 번은 더 올 수 있어.
이사 가면 거기도 갈게.
그러니 걱정마.
나 이제는 가야 해…."
그 말을 끝으로 쌤은 엄마 아빠를 슬프게 가만히 바라보더니
우리 곁을 떠났다.

지금 이 순간이 얼마나 슬픈지
나는 아픔이 가슴으로 느껴지면서 쌤의 멀어져가는
뒷모습에 하염없이 눈물을 삼켰다.

우리는 슬프게 쌤을 바라보고 있었고,
나는 눈물을 참지 못하고 그 자리에서 소리내어 울고 말았다.
나는 쌤이 떠나는 모습을 보며 꿈에서 깨었고,
아직 눈가에는 슬픔의 눈물이 맺혀 있었다.

나는 지금 슬픔 속에서
이제야 앞의 꿈 메시지를 알게 되었다.

자기가 이제는 떠날 때가 됐다고
미리 엄마와 형아에게 꿈을 통해 알려주었던 것은,
그만큼 가족을 많이 걱정해서였나보다.
그동안 꿈들은 쭉… 연결되어 있었다.

이제는 우리 쌤 영혼이
좀 더 높은 차원으로 갈 때가 되었나 보다.
그런 날이 왔다면 이제는 떠나가야지.
다른 사람들은 그들을 몇 번 보냈을지 모르지만,
꿈속에서 남편과 나는 우리 쌤을 두 번을 보내며
또다시 슬픈 작별 인사를 나눴다.

삶과 죽음의 경계선에서
우리가 항상 함께 할 수 없다는 걸 알면서도
오랫동안 우리 곁에 머물러 준 것을
정말 고맙게 생각한다.

그러나 너의 말대로
앞으로 몇 번은 더 꿈속에 올 수 있다고 했으니,
그것이야말로 얼마나 큰 가족의 사랑인지
측량할 길이 없다.

쌤아… 그동안 고마웠어.
이제는 우리 걱정하지 말고
그곳에서 행복하게 잘 지내렴.
너의 행복이 우리의 유일한 바람이야.
그동안 함께했던 시간들을 잊지 않을게.

슬픔 속에서 또다시 너를 보내며

2022년 2월 20일

고양이들의 이상한 행동

지금은 좀 뜸한 이야기지만,
우리 고양이 복돌이 복순이가
때로는 이상한 행동을 보일 때가 있었다.
우리 쌤을 하늘나라로 보내고부터인 것 같다.

그러나 그때는 우리 가족 모두 힘든 시간이어서
그런 일들은 그저 지나쳐 버리는 것이 당연했지만,
왠지 가끔은 의문이 들기도 했었다.

가끔 고양이들 눈에는 다른 무엇이 보이는지
한 곳을 뚫어지게 의식하기도 하고,
두 고양이가 고개를 한쪽으로 동시에
똑같이 돌리며 쳐다보기도 했다.

그러고는 평소 목소리가 아닌 아주 긴박한 소리를 내며
'제발 그곳을 좀 쳐다보라'는 듯 어떤 신호를 보냈지만,
난 알아차리지 못했다.

처음엔 쟤들이 왜 저러지 이유를 알 수 없었던 어느 날,
책을 통해 알게 된 것이 있었다.
먼저 떠난 반려견이 집에 오면

고양이들은 그들을 볼 수가 있다고도 했다.
그래서였을까?

우리 쌤을 보내고 처음에는 자주 그런 일들을 접하면서도
그때는 거기까지는 생각지도 못했다.
그럴 때마다 우리 쌤이 집에 있었던 것은 아니었을지,
그는 어떤 모습으로 지내고 있었을지,
그런 생각에 가슴 깊은 곳의 빈자리가 울린다.
'엄마'라는 이름은 항상 그런 것인가 보다.

지금도 가끔 그런 일이 있을 때는
난 복순이를 쳐다보며 말한다.
"복순아, 오빠(쌤) 왔어" 하며
또 고양이들이 응시하는 곳을 같이 바라보며
"쌤아, 너 왔니?" 하며 그렇게 웃어주기도 한다.

이것이 항상 가슴을 도려내듯 슬픈 일임을 알기에,
그러면서도 나는 모든 걸 기쁨으로 받아들인다.
함께 있으니 좋은 것이라고.
나도 가끔 우리 쌤을 어떤 신비한 현상들로 만나니
복순이 복돌이도 당연할 거라 생각한다.

또 때로는 밤에 잘 때도
복순이가 내 곁에 와서는 뭔가 나에게 알리고 싶은지
내 팔을 머리로 치대며 긴박한 목소리를 낼 때도 있다.

복순이는 '엄마, 쌤 오빠가 왔어' 하는 것은 아닐지.
지금도 때로는 현관 앞으로 부지런히 걸어 나가면서
안 보이는 문틈으로 고개를 밀며 긴박하게 울 때도 있다.
그럴 때면 이제는 내 생각대로 알아차린다.

이유가 뭐든, 우리 가족은 모두
쌤 너를 많이 그리워하고 있다.
네가 어디에 있든 행복했으면 좋겠다.

만나야 할 인연이기에
쌤 떠나고 두 번째 생일

쌤아, 네가 떠나고 너 없는 너의 2번째
생일을 맞이하게 되었어.
엄마는 이것이 얼마나 슬픈 일인지도 느끼며
너와 만나던 날이 생각나.
그때가 2003년 3월 3일이었지.

너 기억나니, 우리 집에 오던 날은
아직은 이른 봄이라서 날씨가 쌀쌀했었지만,
아빠와 형아는 모란에서 생후 1~2개월쯤 된
너를 데리고 왔어.

엄마는 현관문을 열고 너를 처음 봤을 때,
너에게 아주 묘한 이끌림이 있었어.
이런 느낌은 아마도 귀한 인연이 될 거란 뜻이었나 봐.
정말 좋은 느낌이었어.
우리는 너를 이렇게 운명처럼 만나 한 가족이 되었단다.

아직 너는 아기라 털이 뽀송뽀송하고
너에게 어울리지 않았지만, 약간의 촌티도 있었지.
그러나 크면서 왕자처럼 변해갔고,
우리는 또 너의 이런 모습을 너무나도 좋아했어.

그런 알 수 없는 어떤 끌림에서,
우리는 이미 서로 만나야 했던
인연으로 자리 잡아가고 있었지.

너는 얼마나 영리하고 지혜로운지
너를 바라본 우리를 깜짝 놀라게도 만들었어.

누가 시키지도 않았는데
밥그릇 챙겨오기, 인형 골라 가져오기,
비 오는 것 알려주기, 세탁기 다 됐다고 알려주기,
비 온다고 빨래 걷으라고 알려주기,
물통에 물이 넘친다고 알려주기…
이루 다 말할 수 없는 많은 끼를 부리며
우리를 어리둥절하게도 기쁘게도 만들었지.

쌤아, 이것도 생각나.
어느 날 엄마가 너의 미키마우스 인형을 쓰레기통에 버렸는데,
조금 뒤에 보니 그 인형이 다시 방에 와 있었지 뭐야.
그래서 우리는 깜짝 놀란 적도 있었어.

그렇게 네가 우리를 놀라게 할 때마다
우리는 웃으며 이런 농담도 했더랬지.
"어머, 쟤 개가 맞아?"

지난날 이런 웃음에는 깊숙한 사랑의 끈끈함이 있었어.

다른 아이들보다 너에게 한없이 빠져들었고,
우리는 매일매일 그런 행복 속에 살아갔지.
이 행복이 어디서 오는 줄도 모르고
우리가 원래 이렇게 행복했었노라고.
그런 착각 속에 너와 17년이 넘도록 함께 살았구나.

쌤아, 이제 너를 보내고 나니
그 행복이 너에게로부터 왔다는 것을 이제야 다시 깨닫는구나.
지난날에 너는 정말 많은 사랑을 남겨두고 떠났기에
그 빈자리가 너무도 커.
너는 우리 가족의 큰 선물이었어.

쌤아, 만나야 할 인연이란 무엇일까.
엄마는 생각을 해봤어.

우리에게 앤(반려견)이란 아이가 있었지.
그 아이를 사정상 다른 집에 보내야만 했었고,
그 후 사슴처럼 다리가 긴 바둑이가
우리에게 온 지 일주일 만에
장염에 걸려 또 이별해야만 했어.

너와 같은 곳에 있었던 하얀 아이도 먼저 데려왔지만,
어떤 이유로 다시 데려다주고, 네가 우리 집에 왔단다.
이 아이 중에 누구라도 우리와 함께 살게 되었다면,
아마 너를 못 만났겠지.

그러나 꼭 만나야 할 인연은,
어떤 일이 있어도 그 시기에 꼭
만나게 되어있다는 것도 알았어.

…그게 바로 너야.

우리의 만남은 우연이 아닌
서로 만나야 할 인연이었나 보다.
아름다운 인연이고
참으로 소중한 인연이며
또한 이렇게 아픈 인연이기도 하지.
이 글을 쓰면서 어느새 네가 보고 싶어 눈물이 나.

너와 밖에 나가면 아빠하고 똑같이 잘생겼다며,
사람들은 너를 한번 만져보고 싶어 했지.
하지만 너는 그 누구에게도 마음을 주지 않아,
너를 만져볼 수 있는 사람은 단 한 사람도 없었어.

쌤아, 너 기억 하니?
가족 외 그 누구도 너를 만져볼 수 없었다는 거.
오직 가족 손길만 허락했고,
병원에서 의사 선생님과 간호사 누나뿐이었지.

우리는 너의 이런 면을 너무도 좋아했었고,
항상 뿌듯한 마음으로 너를 더욱더 사랑하지 않을 수 없었어.

또 밖에서 산책할 때도 한 번도 나대지 않고
옆에서 발맞추어 걸으며 우리를 지켜주었지.
그 누구도 네 앞에서는 가족을 만질 수 없었어.

그래서 더욱 네가 예뻤고,
또 한편으로는 네가 참 신기하게 느껴졌어.
너를 본 사람들은 "어떻게 이런 아이가 있을까?" 놀라기도 했지.
지금 와 생각하니, 어쩌면 너는 영적으로 진화한 아이가 아닐까?
엄마는 그런 생각도 해보게 돼.
너는 아주 특별한 아이일지도 모른다고 말이야.

쌤아, 어쩌면 우리는 태어나기 전부터 서로 만나기로 예정된
소중한 인연은 아니었을까.

다시는 너 같은 아이를 만나지 못하리라는 걸
우리는 잘 알아.
이제는 이 세상에서 너를 다시 볼 수 없지만,
언젠간 저세상에서
좋은 인연으로 또 만나게 되겠지.
그러니 우리는 인내심을 가지고 만나는 그날까지
기다릴 거야.

…너를 사랑하는 엄마가

2022년 3월 3일

220

꿈속에서 기쁨을 주는 사람

지금은 우리 쌤을 보낸 지 1년 4개월 18일 되었다.
나는 그동안 이 얘기를 안 썼지만, 이제야 쓰고 싶어졌다.

나는 언제부터인가 꿈을 많이 꾸는 편이었다.
아니 어쩌면 많이 꾼다기보다는,
어떤 특별한 꿈을 가끔 잘 꾼다고 해야 할까.
나는 꿈으로 많은 것을 미리 알 때도 있었다.

그중 몇 가지만 예를 든다면,
집을 떠나와 서울에 살면서도,
시골 고향 뒷집 할아버지 할머니가 돌아가실 것 같은 꿈.
산소는 어디에다 쓸 것 같은지.
또 어느 가게가 사람이 바뀔지 그 외 여러 가지…

내 친정아버지가 돌아가실 꿈.
또 친정엄마 돌아가실 꿈들은 어쩌면 당연한 것이었지만,
때로는 나와 상관없는 어떤 사소한 여러 꿈을 미리
알려줄 때도 많았다.

어느 날 둘째 언니에게 전화해서
"언니에게 돈이 들어올 꿈을 내가 꾸었어." 하니

"어떻게 알았어? 나 오늘 곗돈 탔다…" 하며 웃었다.

또 때로는 꿈에서
한 번도 보지 못했던 꽃이 가득한 아름다운 산촌을 본다던가,
어떨 때는 단풍이 아주 곱게 물든 산촌을 본다든지,
그런 풍경에 놀라 꿈에서 깰 때도 있었다.
어린 시절에는 아름다운 꿈속 동산에서 뛰어놀기도 했다.

그렇게 어렸을 때부터 이런 행복한 꿈들을 많이 꿔왔고,
지금도 가끔 꿈에서 아름다운 동산을 볼 때도 많이 있다.
그러나 난 이런 꿈들에 대해서
가족이나 그 누구에게도 말한 적은 없다.

왜냐하면
이런 꿈들은 나만 꾸는 것도 아니고
많은 사람이 꾸지 않겠는가.
그러니 이상한 것은 없지만,
쌤을 하늘나라로 보내고부터
특별한 꿈들을 가끔 꾸고 있었다.
꿈속에서 어떤 남자처럼 보이는 그 사람이
꿈에 찾아오면 얼마나 행복한지 모른다.
우리가 포옹하는 것도 아니고 함께 있는
그 자체만으로도 기쁨에 매료되고 만다.

그런데 이상한 것은

꿈속에서 그 사람과 나는 아주 오래전부터
서로 누구인지 잘 알고 있다는 것이다.

그런데 또 이상한 것은
지금 이 현생에서는 그런 사람이 없는듯하다.
이런 꿈을 꿀 때마다 그 시간 차는 다르고
밤새도록 꿀 때도 있고 어떤 때는 짧게 꿀 때도 있지만,
오늘 아침에는 그리 오래 꾸지는 않았다.

그런데 또 이상한 것은
꿈에서 깨는 순간 모든 기억은 잊혀지고 만다.
꿈에서는 그가 누구인지 분명 알고 있었는데
왜 깨고 나면 백지상태로 돌아갈까.
너무나 신기한 꿈인 것은 틀림없었다.

나는 이것을 내 나름대로 생각해 본다.
내가 사랑하는 쌤을 하늘나라로 보내고 슬퍼하고 있을 때,
누군가가 꿈속에 나를 위로하러 오는 걸까.

꿈속에 기쁨을 주면서
고갈된 나의 에너지를 보충해 주는 것은 아닐까.
그런 생각도 가끔 들곤 했다.
꿈속에 온 그 사람은 나와 어떤 인연일까?

※

저편의 영계에는 오래도록 함께해온 친구들과
나의 안내자가 있는데,
그들이 우리가 슬플 때 위로하러 온다는 말이 있다.

사랑하는 쌤 역시 가족을 위로하러 왔었다.
그렇다면 내가 그들의 위로를 받는 것일까?
지금 내게 이 슬픔이 너무 깊어 누군가의 도움을
받아야만 했다면, 그들의 슬픔의 기준은 무엇일까?
지금 나의 슬픔이 거기에 해당되었을까?

또 생각해 보았다.
보통 사람들이 겪는 그런 상태가 아닌
더 깊고 깊은 상태에 이르러,
우리가 슬픔을 감당하기 어려울 때라야
그들은 우리를 위로해 주러 오는 것일까?

이것은 당연히 내 생각일 뿐이다.
예전에는 한 번도 이런 꿈을 꾼 적도 없었고,
신기한 체험 또한 느껴본 적 없었지만,
왜 지금 쌤을 하늘나라로 보내고부터 시작된 걸까.
그러기에 나는 항상 궁금했다.

그들은 정말 누구길래 꿈속에 와서
나에게 행복을 준단 말인가.

아무것도 알 수 있는 것은 없다.
그리고 여기에는 어떤 답도 없다.
그저 나는 슬픔 속에서도 아프지 않고
잘 견뎌내고 있을 뿐이다.

나는 여기에서 또다시 궁금한 것이 있다.
처음 우리 쌤이 아프기 시작할 때,
목소리로
'당신의 강아지가 많이 아파요.'
'당신의 강아지가 많이 아파요.' 하고
목소리를 들려준 이는 누구였을까?

나는 그동안 여기에 대해 많은 의문이 갔다.
그는 우리 쌤과는 어떤 인연일까?
또다시 생각해 보니 이런 물음에 이르렀다.
아마도 나의 안내자의 목소리는 아니었을까?

그렇지만 이것 또한 누구에게
말할 수 있는 이야기는 아니다.
저 사후세계 이야기를 한다는 것은 어렵다.
영매의 말이 아닌 이상 누가 이 말을 믿겠는가.

하지만 왠지 맞을 거라는 나만의 확신이 있다.
그 당시에는 누가 나에게 말을 하는지 알지 못했지만,
그것이 무엇인지도 깨닫지 못했지만,

나는 지금에 와서야 그때 그 일들을 알게 되었다.

또 그들이 누구인지 모르지만,
우리 쌤을 보내고 슬픔으로 힘들어할 때,
그들은 내가 알지 못하는 사이에 항상 꿈속에서
나와 함께하면서 슬픔에 잠긴 나를 위로해 주었다.
내가 알지 못하는 그들 역시 항상 내 곁에 있었다.
나는 그들에게 오늘 고마움을 전한다.

그러고 보면 나는 어렸을 때부터
남이 꾸지 않은 꿈을 꾸는 것을 보니,
다른 사람들보다 남다른 예민함이 있는 건 아닌지
그런 생각도 든다.

2022년 3월 14일

두 번째 봄날이 왔어

쌤아, 봄이 왔구나.
너를 보내고 두 번째 봄을 맞았어.

웅크렸던 겨울은 또다시 벚꽃으로 찾아와
언제 우리에게 무슨 일이 있었냐며 모르는 척
나에게 시치미를 떼고 있어.
하지만 엄마에겐 이런 날들이 아직 낯설게만 느껴지고
받아들이기도 인색한 것을 느껴.

아마도 그것은 이 아름다운 봄날에 네가 그리워서겠지.
아무래도 엄마는 너의 사진을 챙기고 밖으로 나가야겠어.
그때 너와 눈물로 걸었던 마지막 가을 공원이
지금은 꽃길로 변했어. 벚꽃이 봄바람에 살랑살랑 떨어지며
예쁜 꽃눈이 내려.

엄마 머리에도 옷에도 눈에도 내리고 또
슬픈 가슴에도 내리지.
이렇게 꽃눈이 내려 붉게 쌓인 꽃잎을 밟으며
엄마는 어디로 가야 할까?
그때는 너만 따라가면 됐었는데.

이렇게 좋은 날
우리가 함께할 수 없다는 것이 슬프지만,
쌤 역시 그곳에서 잘 지내고 있을 거라는
어떤 믿음도 느껴지면서 봄바람에
너의 행복이 살짝살짝 보이는듯해.

쌤아…
그곳 천국에도 지금 봄이 왔니?
오늘은 우리가 함께했던 이곳도 천국이란다.

엄마는 꽃잎을 밟으며
잠시 벚꽃 밑에서 조용히 너와의 지난날을 떠올려 봐.
이제는 기쁜 날도 또 슬픈 날도 지나가면서
우리들의 텅 빈 발자국 자리엔
예쁜 꽃잎이 쌓이는 소리만 들려.

하지만 괜찮아.
발자국에 쌓이는 꽃잎 소리에서
엄마는 너의 숨결을 느끼니까.
그러면서 엄마는 예쁜 꽃잎을 만져봐.

너를 보내고 첫 번째 봄은 비가 많이도 왔었지.
슬픈 엄마의 마음을 안다는 듯.
그때 엄마는 빗물과 함께 많이도 울면서
꽃잎이 비에 젖어있는 모습은 너무도 쓸쓸했지.

너 기억나니?
어느 날인가, 네가 예쁘다며 간식을 주고는
한번 너를 만져보고 싶어 하는 사람도 있었지만,
너는 그 간식도 손길도 받아주지 않아서
우리는 소리 내어 웃었단다.

앵두꽃 밑에서 사진도 찍었지.
그때는 그런 날들이 마지막 봄날이 될 줄 몰랐지만,
우리는 그때 너무도 신나 하면서 많이도 행복했었어.
하지만 그날의 행복한 기억은 모두 다 엄마와 함께 있어.

쌤아, 아름답던 지난 추억들은 헤아릴 수조차 없고
행복했던 지난날은 이제 조금씩 조금씩
꽃잎에 실려 바람을 타고 날아가.
훨훨 말이야.
엄마도 꽃잎을 타고 훨훨 날아가다 보면
어디선가 너를 볼 수 있을까.

이 봄날에 꽃이 피는 시간 차는 조금씩 다르지만,
결국은 조금 지나면 이 모든 꽃은 하나가 되어있단다.
우리 역시 사후세계에 가는 날은 서로가 다르겠지만,
결국은 천국에서 사랑하는 이들을
다 만나게 된다고 하는구나.

그러니 우리도 언젠간 만나겠지.
우리 다음에 다시 만나서 함께했던 이곳에
봄날 꽃구경하러 오자구나.

봄날에 너를 그리워하며… 엄마가.

2022년 4월 9일

쌤과 나의 아모향수

쌤이 꿈속에서 우리 곁을 다시 떠난 지
4달쯤 되었다. 4달이 넘도록 에너지 접촉도 없었고
자주 찾아오던 꿈속에도 오지 않았다.

나는 오늘 아침 콩나물국을 끓이기 위해
거실 바닥에 앉아 새벽부터 콩나물을 다듬고 있었다.
그런데 처음 고시텔 소파에서 쌤이 코에다 뿌려주던
그 아모향수를 다시 맡고 있었다.

'어머! 지금 우리 쌤이 집에 또 왔나 보다.'
엄마는 꿈속에서 다시 너를 보낸 뒤
허전한 마음으로 너의 향수를 기다렸는지도 몰라.
이렇듯 쌤은 잊지 않고 코에다 향수를 뿌리며
또 엄마를 찾아와줬다.

오늘도 그는 엄마에게 향수를 준다.
확신이 가는 곳에서 뚜렷하게 그리고
언제나 준비되지 않은 깜짝 선물을 준다.
엄마는 지금 눈시울이 촉촉이 젖어들고
너와 어떤 식으로 마주하게 되든 항상 눈물이 나지만,
이제는 기쁨의 눈물이기도 하다.

쌤은 아직 꿈속에는 오지 않았다.
그때 앞으로 몇 번은 더 올 수 있다 했으니,
언젠간 올 테지만, 혹 다시 네가 꿈속에 오지 않는다 해도
엄마는 괜찮다고, 그러니 이젠 아무것도 걱정할 것 없다고
나는 그렇게 말하고 싶다.

그러면서도 때로는
쓸쓸함을 느낄 때 이 변덕스러운 엄마는
또다시 너를 그리워하겠지.
이런 엄마를 쌤도 아는 듯하다.

난 너를 향한 그리움 속에서 오늘
또다시 반려견 우리 쌤 입장에서 생각해 보았다.
그는 지금 어떤 마음일까?
우리가 함께할 때 쌤은 자기 나름대로 가족을 지켰다.

앞에서도 가끔 언급했지만, 그의 성품을 본다면
그는 자신 홀로 먼 길을 떠나가더라도
사랑하는 가족들을 걱정할 것이다.
그러나 항상 그렇듯
내가 할 수 있는 건 아무것도 없다.
그저 그를 지켜볼 수밖에 없다.

이제는 쌤이 하나하나 정리해 가는 과정일 것이고,

앞에서도 모든 것에는 질서가 있다고 느꼈던 것처럼
이제는 헤어짐의 끝을 향해 가고 있다는 것은 사실일 것이다.
우리에게 이런 시간은 꼭 거쳐 가야 하는 시간이 아닐까?

앞으로 몇 번은 더 꿈속에 올 수 있다고 말한 것은
곧 떠난다는 의미니, 웃으면서 보내야 그도 편할 테지만
마음대로 될지는 모르겠다.

하지만 서서히 우리에게 와야 할 시간이
가까이 다가온 것은 틀림없다.

2022년 6월 20일

엄마 꿈
행복한 시간 속에서

나는 우리 쌤이 꿈에서 떠나간 후 4개월 12일 만에
다시 꿈(14번째)을 꾼다.

새벽 4시쯤 우리 복돌이(고양이)가
밥을 달라고 잠을 깨웠다.
그런데 오늘 밤, 잠을 잘 잤는지
아니면 설잠을 잤는지 헷갈리는 상태였다.
그리곤 잠시 후, 쌤 꿈을 꾸었다는 것을 알게 되었다.
아니 어찌 보면 꿈도 아닌 듯하지만.

꿈속에서…

지금은 따뜻한 어느 봄날 같기도 하고,
온 세상이 내가 좋아하는 연둣빛으로 화사했다.
또 넓은 들판에는
노란 꽃들과 흰 싸리꽃이 가득 피었는데
그 사이로 뭔가 가물가물
아마도 이것은 아지랑이인가 보다.
그리고 우리는 지금 산책 중인가 보다.

예전처럼 아빠는 앞에, 쌤은 가운데,

나는 뒤에서 걸으며 어딘가로 가고 있었다.
따뜻한 봄날 아지랑이 속에 피어오르는 황홀감은
우리를 마냥 행복으로 데려가고 있었고,
나는 그 속에서 마냥 살 것만 같았다.

꿈인지 현실인지 꿈에선
쌤이 하늘나라로 간 것을 기억하지 못한 채,
쌤과 행복한 시간 속에서 함께하고 있었다.
이상한 건 딱 꿈이라고 단정 지을 수도 없다는 것이다.
그렇다고 현실도 아닌 것이,
쌤과 행복한 시간을 보내고 있지만,
가슴 깊은 곳에서 나는 어떤 잔잔한 슬픔을 느끼며
자꾸 눈물이 나고 있었다.

나의 가슴은 행복 속에서도 무엇을 기억하는지,
아마도 그 아픈 상처는 너무 깊게 자리했기에
어떤 행복도 그 슬픔을 넘지 못했을 것이다.

그러나 나는 괜찮다.

2022년 7월 2일

엄마 꿈
쌤이 청재킷을 또 입었다

아침에 잠에서 깨었다.
바로 앞에 꿈과는 9일째 되었고,
다시 쌤과 꿈속(15번째)에서 재회했다.
그러면서 잠깐 쌤이 꿈에 보였다고 하면 될까.
그가 꿈에서 떠난 뒤에는 이런 식으로 보였다.

꿈속에서…

나는 어느 공원을 지나가면서 보니
쌤은 그곳에서 친구들과 뛰어놀고 있었는데,
에너지가 넘쳐 보이면서 아주 행복해 보였다.

그런데 우리는 함께 있지 않은 듯,
나는 혼자 어디론가 가고 있었다.
쌤이 여기에서 놀고 있는 것을 나는 왜 몰랐을까.
쌤도 마찬가지로 엄마를 보지 못한 것을 보니,
아마도 우리는 떨어져 있나 보다.
그래서 이런 애틋함이 느껴지나 보다.

나는 친구들과 노는 행복한 시간을 방해하고 싶지 않아서
가만히 바라만 보고 있었는데,

쌤은 숭인동에서 아빠가 사 준 청재킷을
여기에서도 또 입고 있었다.
그 청재킷은 언제 봐도 항상 잘 어울린다.

나는 예쁜 쌤과 다른 친구들을 보니
옷을 입은 아이도 있고, 안 입은 아이도 있었는데,
그들 역시 너무도 행복해 보인다.
쌤은 어떻게 두 번씩이나 청재킷을 입고 왔을까?
아마도 쌤은 청재킷을 좋아하나?
(2021년 11월 3일, 편의점에서 기다림)

어? 그런데 잠깐…
여기에서 어떤 생각이 스쳐 지나가고 있다.
그러고 보니 쌤은
아무 옷이나 입고 오는 것은 아닌가 보다.
생각해 보니 많은 옷 중에서도 사람들이 예쁘다고
또 멋지다고 칭찬했던 옷만 입고 오는 것 같았다.

나는 이제야 그런 생각을 하면서
그가 이 청재킷을 입을 때마다 사람들이 멋지다며
칭찬을 많이 했고, 우리 가족들도 그가 청재킷을 입을 때면
"아구아구 예뻐라…" 사랑을 표현했다.

역시 겨울 코트 입었을 때도 사람들은
"어디서 이렇게 좋은 옷을 입었니?" 하며 칭찬했었고,

237

줄무늬 티는 엄마가 예쁘다고 칭찬을 많이 했었던 옷이다.
또 목도리를 하고 산책할 때면 사람들이 멋지다고 칭찬했다.
그때마다 나는 사람들 앞에서 말했다.

"아빠가 사줬지, 쌤아?"
나는 기분 좋아하며 말했었다.

나는 여기서 또 생각이 스치는 것이 있다.
이 모든 것이 사실이라면,
아이들이 좋아했던 옷과 용품들을 아깝다고
다른 아이에게 주면 안 되겠다는 생각도 들었다.
용품들은 고이 그들에게 돌려보내는 것이
우리가 해야 할 일일지도 모르겠다.

이제야 이런 것을 생각하게 되면서
사후세계의 놀라운 신비를 또다시 생각하게 되었다.
이 놀라운 이야기들을 여러분들이 읽게 된다면
반려견을 사랑하는 분들에게 많은 도움이 되지 않을까?

그러면서도 여전히
이 꿈은 실제처럼 너무도 화사하다.
꿈에서 항상 내가 무엇을 보고 있던지,
온 세상이 너무나 뚜렷하고 그들은 행복해 보였다.

하지만 나는

우리가 꿈에서도 떨어져 있는 것 같아
마음이 슬프다.

2022년 7월 11일

추석
웃음 짓게 하는 특별한 우연

쌤을 보내고, 2번째 특별한 추석을 함께했다.
추석을 며칠 앞두고 오늘 고시텔에 송편이 배달되었다.
냉장고에 떡을 넣은 후, 나는 일찍 퇴근길에 올랐고
3호선 전철 안에는 추석 선물을 든 사람들이
저마다 행복해 보였다.

3호선에는 사람들이 많아 나는 자리를 잡지 못했다.
그때 어떤 덩치가 큰 남자가 내가 편히 서 있을 수 있도록
자리를 만들어 주는 친절도 보였다.
고속버스터미널에 오니 수많은 사람이 승강장을 오르내린다.

그때 나는 쌤 생각이 문득 스친다.
금요일 밤, 우리 쌤이 울어서 터미널에서 내렸었다.
이 상황을 어찌할 바를 몰라 쩔쩔매며
가슴 조이던 그때의 일들…
오늘 추석을 앞두고 다시 아픈 듯 떠오른다.

나는 우리 쌤이 많이 그리울 때면 이미자의 노래
〈그리움은 가슴마다〉를 마음으로 부르며 위로도 했었는데,
지금 이 노래가 생각나 마음속으로 노래 부르려고 하는 순간
기적 같은 일이 일어났다.

아까 내 옆에서 친절하게 자리를 만들어 주었던
그 남자가 갑자기 이 노래를 부르는 것이 아닌가!
생각지도 못한 일에 어리둥절하며 놀랐지만,
나는 이 노래를 찬찬히 마음으로 감상한다.
나에겐 정말 고마운 일이 아니던가.

노래를 감상하면서 나의 삶 속에
이것은 우연이 아니라는 걸 알아차린다.
아마도 우연일 수 없었다.
많은 책에서도 우연이란 없고
모두 필연이라고 하지 않았던가.

그 사람은 노래를 잘 부르는 것도 아니면서
시선 따위는 아랑곳하지 않았고,
그저 자기 임무를 수행하듯 2절까지 열심히 부르다가
몇 정거장 뒤에 내렸다. 그 모습이 더 웃음을 자아냈다.
다시 생각해도 이건 절대 우연일 수 없었다.

어쩌면 우리 쌤이 엄마를 위해 오늘 고용한 사람은 아닐까.
수없이 많고 많은 노래 중에 왜 내가 부르려고 하던
이미자의 〈그리움은 가슴마다〉 이 노래인지.
이상한 건 내가 노래를 시작하려던 차에
똑같이 노래를 불렀다는 것이다.

그리고 그 사람은 처음부터 내게 친절했고,
뭔가 친숙하게 느껴지기도 했으며 낯설지도 않은 것이
어디선가 본 듯한 얼굴 같기도 했다.
그런 사람이 내가 마음으로 부르려던 노래를 대신 불러줬다.

이게 정말 우연이었을까?
나는 지금까지 살면서 양복 입은 신사가
대중교통에서 노래 부르는 걸 오늘 처음 보았다.
그는 멀쩡해 보였으며 정신이상자도 아니었다.

살면서 이해되지 않은 일들은 무수히도 많고 많지만
왜 우리 쌤을 보내고부터 이런 일이 일어나는 걸까?
어쩌면 이 모든 것은 우리 쌤이 하는 것은 아닐까?

사람들이 많아 자리에 앉지 못했고
충무로에 와서야 노인석에 자리가 났다.
겨우 자리에 앉긴 했지만, 곧 내려야만 했다.
내리기 위해 일어서려는 순간,
또 황당하고 웃음 짓게 만드는 일이 일어났다.

내 나이 또래 정도라 할까.
옆 좌석에 있는 남자는 마누라인지 여동생인지 모를
건너편 사람을 향해 큰 소리로 외친다.

"희정아! 여기 자리 났다!"

그 남자의 목소리가 너무 커서 사람들은 다 쳐다보며 웃었다.
그리고 나도 웃었다.
나는 "희정아!" 하고 부르는 게 어이가 없어 웃었다.
하필 많고 많은 이름 중에 나와 같은 이름일까.

오늘은 추석 명절을 앞두고 전철 안에서는
이 일로 한바탕 웃음이 일면서
모든 사람도 웃음 속에서 행복해한다.
요번 추석은 정말 즐겁다.

아마도 쌤이 엄마에게 추석 선물로 여러 번 웃음을 주면서,
깜짝 이벤트를 하고 있나 보다.
나도 자꾸 웃음이 나고 있는 걸 보니,
아마도 쌤은 엄마의 웃는 모습이 보고 싶었을까.

쌤아, 이것은 그냥 우연이 아닌 것을 엄마는 알아.
아고… 요놈의 자식!
오늘 너의 추석 선물 고마워.

우리는 이렇게 미리 추석 명절을 함께하고 있었다.
나는 집으로 가는 공원길에서 쌤을 그리워하며
이미자의 노래 〈그리움은 가슴마다〉를 불러본다.

2022년 9월 7일

243

형아 꿈
추석에 쌤을 보면서

오늘은 추석을 이틀 앞두고
아들은 꿈(4번째)에 쌤을 보았다고 했다.

나는 어떤 꿈을 꾸었을까 궁금해하자
아들은
"뭐… 꿈이라 하기엔 그래.
그냥 꿈에서 쌤을 잠깐 보았어."

아들은 꿈속에서
어딘가로 지나가면서 보니,
쌤은 친구들과 그곳에서 놀고 있었다고 했다.

'어? 쌤이 이곳에 놀러왔네.'
아들은 반가운 마음에 "쌤아!" 부르면서
얼른 가서 안았고 그 순간 아들은
너무도 행복했다고 한다.

안으면서도 왠지
아주 오랜만에 안아보는 느낌이기도 했지만,
쌤이 하늘나라 간 것을 기억하지는 못했다고 했다.

"아쉽긴 했지만, 그게 다야.
꿈에 쌤을 그냥 안아만 봤어."

"그래, 그랬구나.
추석이라 형아가 너를 그리워하는 걸 알고
꿈에 잠깐 보여줬나 보다."

그런데 아들 꿈도 내가 이전에 꾸었던 꿈과
똑같은 모습으로 잠깐 보여주었다.
그는 꿈속에서 몇 번 더 오겠다는 말 이후
형아 꿈에도 찾아왔다.

아들 꿈 역시 나와 비슷한 걸 보니
이번 꿈도 서로 연결되어 있었다.
그러면서 쌤은 이번 추석에도 형아를 잊지 않았다.

그런데 쌤은 형아 꿈에서도 보니 함께 살지 않았나 보다.
우리는 꿈속에서도 떨어져 있어야만 할까.
너무도 짠했다.

2022년 9월 8일

245

엄마 꿈
이번 추석을 함께했다

쌤이 아들 꿈속에 온 지 다음날
추석을 하루 앞두고 엄마 꿈(16번째)에도 왔다.
이번 꿈에도 난 사람들과 어디로 또 가고 있나 보다.
그런데 우리 쌤이 예전처럼 밖에서 친구들과
노는 것이 보인다.

나는 "쌤아…" 하고 부르니
쌤은 엄마에게 달려와 품에 꼭 안긴다.
떨어져 있어서일까 우리는 아주 애틋했다.
가슴에서는 슬픈 울림이 느껴지고,
형아 꿈에서처럼 우리는 아주 오랜만에 보는 듯했다.

그러면서 나 역시
쌤이 하늘나라로 간 것을 기억하지 못한 채
쌤을 안고 마냥 행복해하고 있었지만,
우리는 슬픔이 묻어있었다.

지난날 하루도 떨어질 수 없었던 우리.
하지만 쌤이 혼자 이곳에 온 것을 내가 알지 못하는 것을 보니
우리는 이제 꿈에서도 떨어져 있어야 하는가 보다.

너무도 슬프다.
짧은 꿈이었지만 깨고 나니
우리가 떨어져 있는 모습이 자꾸만 눈 앞을 가려
나는 목이 메어왔다.
오늘 밤 남편이 옆에 있지 않았다면 나는 슬피 울었을 것이다.
그러나 그가 에너지가 넘치는 것을 보니 내 마음이 놓인다.
나 역시 꿈이라 하기엔 그렇고,
그냥 꿈에서 쌤을 잠깐 보았다고 하는 것이 맞는 듯하다.
쌤은 올 추석에도 형아와 엄마에게 같은 방식으로
잊지 않고 찾아와줬다.

지금까지 항상 느끼지만,
쌤은 어떤 메시지를 줄 때 똑같은 방식으로 주며
꿈 역시 같은 방식으로 꿀 때가 많다.
요번 꿈도 엄마와 형아의 꿈이 연결되어 있었다.

또 앞으로 얼마나 더 꿈속에 와 줄지는 모르지만,
어떤 방식으로 꿈에 오던 지금은 그저 고마울 뿐이다.

요번 추석에도 쌤은 가족을 잊지 않았다.

2022년 9월 9일

이 기쁨은 어디서 올까

추석이 지나갔다.
사랑하는 이들이 우리 곁을 잠깐이 아닌
영영 떠나간 뒤의 명절은 너무도 빈자리가 크다.

쌤과의 지난날의 행복했던 추억을
서로 이야기하고 추석 명절을 보냈지만
마음 한구석은 여전히 울적함은 남아있고,
이것은 당연한 일이기에 내색하지 않는다.
또 그에 대한 그리움도 같을 것이기에 아픈 상처를
굳이 들춰낼 필요가 없기 때문이기도 하다.

나는 출근 후 고시텔 소파에 앉아
울적한 마음을 따뜻한 커피 한 잔으로 달래본다.
외롭고 쓸쓸한 것이 이런 것일까.
때로는 커피 한 잔이 정말 고마울 때도 있다.

그때였다. 갑자기 나는 행복감에 젖는다.
이것은 항상 내 의지와는 상관없는 듯,
때로는 어디서 오는지 알 수 없는 행복감이
나에게 찾아들 때가 있었다.
이 행복은 어디서 오는 걸까.

이제야 말이지만
나는 쌤을 보내고 가끔 이런 행복을 경험하곤 하지만,
그 누구에게 말할 수 있는 것은 아니었다.
이 행복 역시 오래가지 않았다.

그때마다 시간 차는 알 수 없지만
행복으로 내 몸을 포근히 감싸곤 슬슬 사라져갔다.
우리 쌤이 '엄마 나왔어!' 하고 내 코에다
자기만의 아모향수를 뿌려주는 것과 같았다.

어쩌면 이 행복감 역시 쌤이 주는 영적 선물은 아닌지
또 쓸쓸한 엄마를 행복으로 달래주고 있는 것은 아닌지
그런 생각이 들 때도 있었다.
또 지금까지 경험으로 보면
그들에게 영적인 힘은 아무것도 아닐 수도 있기에
아마 우리 쌤이 하는지도 모르겠다.

만약 그것이 아니라면 이 행복은 누가 주는 것이며,
나는 갑자기 왜 행복해질까?
이것 또한 풀 수 없는 나만의 수수께끼이자
소중한 선물이기도 하다.
나는 그동안 이 행복감에서 잠깐이나마 슬픔을
위로받을 수 있었다.

우리는 또 그들을 너무도 모르는 것은 아닌지.
반려견과 함께할 때는 그들을 언제까지나
보살펴야 하는 존재라고 생각하지만,
그들을 보내고 나면 우리가 그들의 사랑 속에
보살핌을 받는다는 사실을 깨닫는다.

그들의 사랑은 우리 사랑보다 더 크다.
그러니 지금 나에게 오는 이 행복도
쌤의 선물일지도 모른다.

그들은 우리를 정말 많이 걱정한다.

2022년 9월 13일

하얀 깃털 두 번째 이야기

오늘은 쌤을 하늘나라로 보낸 지
1년 11개월 되는 날이다.

오늘 아침 출근을 하여 고시텔로 들어가는 문 앞에
하얀 깃털이 있었다.
하지만 나는 그냥 중요하지 않은 듯 흘려보냈다.
저녁 퇴근길에 공원을 거닐고 있을 때도
하얀 깃털이 내 앞에 있었다.
'오늘은 흰 깃털이 왜 자주 보이지?' 하면서
이번에도 무시해버렸다.

다시 아파트 정문에 이르자 내 발밑에
또다시 하얀 깃털이 있는 것을 보면서
그제야… 어떤 것을 생각해 본다.

그러고 보니 오늘이 우리 쌤과 헤어진 지
1년 11개월, 숫자 배열이 111인 날이기도 했다.
남들이 보기엔 아무것도 아니지만,
우리 곁을 떠난 그들은
어떤 의미 있는 날을 기억한다고도 했다.

그러니 하루에 깃털 하나씩, 세 번이나
바로 내 앞에 있다는 것은 우연이 아닐지도 모른다.
어쩌면 쌤이 하얀 깃털로 엄마에게 사랑받고 싶어서
메시지를 보냈던 것은 아닌지….
그런 생각도 해보게 되면서 가슴이 짠했다.

그들은 그곳에서의 삶이 아주 행복하다고 하지만,
거기서도 때로는 감정을 느낀다고 하니
함께했던 가족이 그리울 때도 있지 않을까.
그 깊은 정을 하루아침에 보내지는 못할 것이다.
이것은 당연히 내 생각일 뿐이다.

앞서도 썼지만, 하얀 깃털 메시지는
'내가 지금 엄마 옆에 있어'라는 뜻이다.
어쩌면 쌤이 오늘 엄마와 함께하고 있다는 사실을
여러 번 알리면서 엄마의 사랑을 받고 싶었던 것은 아닐까?

우리는 저편으로 건너간 그들의 생각을 알 수 없고,
그들이 얼마나 기쁜지
또 그들은 그곳에서 어떻게 지내고 있는지
그들이 때로는 가족 생각을 얼마나 하는지
우리가 알 수 있는 것은 없다.

책에서도 그들에 관한 이야기가 가끔 나오긴 하지만,
우리 마음을 속 시원하게 말해주지는 못한다.

어쩌면 우리가 아니 내가 그렇게 받아들이지 못하는 것일까.
여전히 그들에 대해 궁금하다.

영매들이 많은 이야기를 하지만
"누구나 가보기 전까지는 아무도 알 수 없다"고 했다.
또 대다수 사람은 아직도 그들에게 영혼이 없다고 말한다.
나 역시 이런 체험들이 없었다면 지금도 그들에게
영혼이 없다고 부정할 수 있을지도 모르겠다.

그러나 이제는 그들도 살아있고
저세상에서도 여전히 가족과 함께한다는 걸 이제는 느낀다.
또 여기서 우리 곁을 떠난 반려동물뿐만 아니라
사랑하는 나의 부모나 가족 역시 함께하는 걸 알았다.

엄마가 돌아가신 지 언 20년이나 흘렀지만,
딸이 힘들어할 때 꿈속에서 슬퍼하는 딸을
걱정하듯 바라보며 한동안 옆에 있어 줬다.
그리고 책 속에서도
그들은 늘 우리와 함께한다고 했다.

나 역시 그는 내 옆에 없지만,
마음으로 늘 함께하는 것처럼
그들도 늘 어디서나 가족과 함께한다는 것을
이제는 알고 있다.

'쌤아, 언젠간 또 엄마 사랑이 그리울 때면
또다시 하얀 깃털을 보여줘.'

그때는 엄마가 금방 알아볼 테니까.
오늘은 엄마가
좀 늦게 알아차렸지?

쌤아, 미안해.
그렇지만 엄마는 너를 많이 많이 사랑해.

2022년 9월 24일

향수로 엄마 찾아온 쌤

기일을 앞두고

쌤이 기일을 일주일 앞두고 왔다.
기일이 돌아올 즘이면 앞 화단 꽃밭에는
국화꽃이 예쁘게 피지만,
이제 주인을 잃은 꽃밭은 쓸쓸해 보이고
대신 영전 앞으로 꽃은 옮겨가고 있다.
그동안 엄마 사랑이 담긴 꽃이 늘 영전 앞에 있으니,
아마도 우리 쌤은 참 좋았겠다.

나는 저녁 6시가 되자
쌤 영전에 예쁜 꽃을 갈기 위해 집을 나서면서
우리 쌤이 좋은 계절에 떠나서 참 다행이라고 생각했다.

'쌤아… 오늘은 정말 좋은 날이구나. 그렇지?'
'너도 잘 지내고 있니?'

나는 우리 꽃밭에서 예쁜 국화꽃 몇 송이를 골라 담고
예쁜 샐비어꽃과 마리골드꽃 한 송이씩 잘라 봉지에 넣고 나니
기분이 좋아져, 동네 한 바퀴를 돌아본다.
앞 고등학교 돌담길에도 핀 예쁜 국화꽃을 보며
나는 쌤과 대화를 하고 있었다.

"쌤아, 이 꽃이 더 예뻐? 저 꽃이 더 예뻐?"

이런저런 대화를 하며 걷는 우리의 대화 속에는 언제나
나만이 느낄 수 있는 어떤 예민한 감각으로
그의 감정도 아주 가끔은 엄마의 마음으로 느껴지는 듯하다.
또 이런 묘한 감정은
그가 아주 가까이에 있을 때 더 많이 느껴지는 것도 같다.

그때 갑자기 아모향수가 코로 들어왔다.
아마 지금 우리 쌤이 또 엄마를 찾아왔나 보다.
우리의 예민한 텔레파시가 오늘도 서로 통하고 있었다.
나는 금방 알아채면서 오늘따라 더 기쁜 듯
정겨움이 더 깊게 사무친다.
그가 지금 얼마나 보고 싶은지 고개를 돌리면서
"쌤아… 쌤아…" 부르지만
항상 그렇듯 대답 없는 쓸쓸한 메아리와도 같다.

지금 쌤은 엄마의 떨리는 목소리에서
슬픈 감정을 읽지 않으면 좋겠다.

이제 보니 우리 쌤 두 번째 기일이 일주일 전이어서
그래서 쌤이 왔나 보다.
어떤 특별한 날에는 바로 그날에 오지 않고,
항상 일주일 전이나 며칠 전부터 온다는 것도
그동안 경험으로 보아 알고 있다.

그러고 보니 너의 아모향수를 맡은 지도 4달이나 지났구나.
엄마는 너의 아모향수가 얼마나 그리웠는지 몰라.
한편으로 이제는 영영 떠나버린 것은 아닐까
그런 생각도 했어.

그러나 오늘
네가 엄마를 또 찾아와 주니…
좋아서 눈물이 나는구나.

쌤의 2번째 기일을 맞아

2022년 10월 16일

엄마 꿈
쌤과의 만남

쌤의 2번째 기일을 맞아
밤에 자다가 눈을 뜨니 긴장이 풀리고
편안한 느낌 속에 있었다.
'어? 내가 왜 이런 느낌일까?'
찬찬히 생각해 보니 쌤 꿈(17번째)을
꾸었다는 걸 알게 되었다.

쌤이 내 꿈에서 떠난 지 8개월쯤 되었고
그동안 꿈이 아닌 형식으로 잠깐 꿈에 오긴 했지만,
오늘은 특별한 쌤의 2번째 기일이니
꿈속에 엄마를 만나러 왔나 보다.
아마도 오늘은 진짜 꿈인가 보다.

꿈속에서…

어느 넓고 큰 강에서 쌤과 아빠가 수영을 하고
나는 사람들과 조금 높은 곳에 앉아 그 모습을 구경하고 있다.
그런데 쌤은 아주 강렬한 몸짓으로 수영도 하고 잠수도 하며 노는데
아마도 아빠와 함께 있으니,
신이 난 듯 보인다.

하지만 에너지가 넘치는 쌤을 남편이 제어하지 못하자,
사람들이 웃으면서 쌤을 같이 제어도 해준다.
그 모습을 바라보는 나는 좋아서 같이 웃고 있다.
나는 걱정이 되어 쌤에게 가봐야겠다며
밑 강가로 내려가니,
보았는지 힘껏 달려와 엄마 품에 꼭 안긴다.

그렇게 우리는 다시 재회했고 행복한 순간이었지만,
아주 오랫동안 기다려온 그리움처럼 느껴진다.
우리가 왜 지금 떨어져 있어야 하는지 알지 못한 채
그동안 이 시간을 기다린 듯했다.

쌤은 예전보다 더 멋있게 변했고 덩치도 좀 커져 보인다.
나는 쌤이 너무 커서 어깨에 기대면서 안았고
쌤은 좋은 듯 엄마 품에 꼭 안겨있었다.

이상한 건 지금 이 꿈에서도 쌤을 정말 안은 것처럼
따뜻한 털이 포근히 가슴에 와닿으며
우리 쌤 숨결이 느껴지면서 너무도 행복하다.
어떻게 꿈에서도 이런 촉감이 가능한지
항상 놀랍기만 하다.

나는 이 행복감 속에서 우리 쌤을 안고
어딘가로 가고 있었고, 여름인 듯 시원한 바람도 불어온다.
이번 꿈속에서는 마냥 행복감 속에서도

나는 슬픔이 깊게 묻어있었고
무슨 일인지 눈물이 계속 흐르고 있었다.

그것은 현재 우리 쌤이 하늘나라로 간 것을
내 가슴이 기억했기 때문은 아니었을까.
그렇게 꿈속에서의 기쁨은 항상 슬픔을 이기지 못했지만,
우리는 마냥 행복해했고 나는 꿈에서 깼다.
깨고 보니 새벽 3시 15분이었다.

슬픈 듯 기쁨 속에서
오랜만에 긴장을 풀고 한없이 행복에 젖어 보기도 했다.
쌤은 잊지 않고 2번째 기일에도 엄마 꿈속에 찾아와 재회하면서
이번에도 꿈으로 와줬다.

이렇게 긴장이 풀리고 보니 오늘에서야
나는 우리 쌤을 보내고 2년이 되도록 긴장 속에서
살았다는 것도 알게 되었다.

이제야 지난날 내가 이렇게 살았음을 기억해 내며
그동안 얼마나 많은 시간을 아픔 속에 있었는지도
새삼 느끼게 되었다.
그러나 이 모든 것들은 당연히 나에게 올 시간이
이제 왔을 뿐이라고 받아들인다.
아픔도 그를 향한 사랑이니까.

아이를 보내고 이런 꿈은 정말 많은 위안이 된다.
여전히 우리 쌤은 여러 모습으로 찾아오며
아직은 우리와 함께 살아가고 있다.
쌤은 2번째 기일에도 엄마 꿈속에 와줬다.

…쌤의 2번째 기일을 맞아

2022년 10월 23일

아빠 꿈
쌤과의 만남

오늘 아침은 쌤의 두 번째 기일 날이다.
우리 부부는 아침 밥상을 앞에 놓고
나는 고양이 복돌이를 바라보며
쌤 형아처럼 잘 생겼다며 등허리를 쓰담쓰담 했다.

그때 남편이
'아참, 오늘 쌤 기일 날이지, 나 쌤꿈(4번째) 꾸었어' 하며
남편 얼굴에 기쁨이 가득해 보인다.

아빠 꿈속 이야기…

남편은 어딘가에 가 있었고, 거기에 쌤도 있었다고 했다.
함께 온 기억은 없지만 아마도 함께 왔을까.
남편은 반가움에
'쌤아…' 하고 크게 부르니
쌤은 아빠에게로 달려오면서 품 안에 꼭 안겼다고 했다.
쌤은 예전처럼 아빠 얼굴에 뽀뽀하고
또 얼굴을 핥기도 했다면서
남편은 행복한 꿈속에서 깼다고 했다.

아침 밥상에서 자기 이야기로 기일을 보내는 아빠엄마 모습에서

262

그는 많이 행복했을지도 모른다.

그러면서 남편은 이 세상에 쌤 같은 아이는
없다고도 말했다.
가족을 이토록 사랑할 수 있을까 하며
아주 특별한 아이라며
우리에게 와준 것을 고마워했다.
이번 추석에 쌤은 아빠 꿈속에도 와줬다.
쌤아, 아빠는 너의 꿈을 꾸고 많이도 행복해하고 있구나.

…쌤의 2번째 기일을 맞아

2022년 10월 24일

손님을 4명이나 보냈다

2번째 기일을 보내면서 오늘
쌤이 고시텔에 손님을 4명이나 보내줬다.

그동안 고시텔에 손님이 뜸한 것 같은 느낌에
조금은 걱정도 되었고,
남편과 나는 아침에 고시텔에 손님이 좀
와야 할 텐데 하고 둘이 대화를 했다.

그 대화를 쌤이 들었을까.
바로 오늘 손님이 4명이나 왔다.
이상한 것은 까탈스러운 손님은 하나도 없었고
그냥 와야 할 사람들이 짐을 들고 온 것처럼 편했다.

이러기가 쉽지 않은데
저녁에 남편이 집에 오자마자 나를 보고
쌤이 기일에 손님을 이렇게 많이 보내줬다며 기뻐했다.

어머… 그 생각 역시 나의 생각과 같았다.
남편은 쌤 사진을 살며시 만져보며
좀 더 잘해주지 못했다며 미안해했고,
쌤은 지금도 우리 집 복덩이라고 칭찬했다.

병원에 조금만 일찍 데려갔더라면
1년은 더 우리와 함께할 수 있었을 텐데 하며
지난날을 되돌아보면서
일찍 보낸 것에 우리는 미안해했다.
그들은 우리가 아무것도 해준 것이 없어도
가족을 이처럼 사랑하고 있었다.

남편과 나는 쌤에 대한 미안함을 느끼면서
어떤 속상한 죄책감도 들지만,
그는 우리의 이런 마음과 상관없이
그저 가족을 사랑한다.

쌤은 이번 두 번째 기일에도 우리는 함께했지만
이제는 그가 하늘나라에서 행복하게
잘 지내기를 바랄 뿐이다.

…쌤의 2번째 기일을 맞아

2022년 10월 24일

265

2부를 정리하며

2부 글에서 다시 정리해 본다면
쌤은 1부에서와 같이 첫 번째 기일 지나고서도
여전히 엄마와 접촉하며 옆에서 신나게
뛰어놀기도 했다.
그는 여전히 행복한 듯 보였고 에너지도 넘쳐 보이면서
아마 그들은 그곳에서의 삶이 부족함이 없어 보인다.

…친구에 대한 이야기

그러면서 그는 그런 행복한 시간 속에서도 때로는
꿈속에 친구들을 데리고 올 때도 있었다.
이것은 참 신기한 체험이기도 했으며
이런 기쁨은 가족의 큰 기쁨이기도 했다.
여러 체험을 볼 때 쌤은 아마 그곳에서
친구들과 잘 지내고 있을 것 같아 마음이 놓인다.

…옷에 대한 꿈 이야기

궁금한 것은 또 있었다.
우리가 이승에서 입던 옷, 용품들도
저세상에서 자기가 원한다면 다 입을 수도 있고

착용할 수도 있나 보다.
우리 쌤은 우리가 함께할 때 입었던 옷을
꿈에 가끔 입고 왔었는데
이상한 건 그 옷은 처음 사 주었을 때처럼
항상 새 옷을 입고 왔다.

그런데 여기에서 또 알게 된 것이 있다.
우리 쌤을 보니 꿈속에
아무 옷이나 입고 오는 것은 아닌 것 같았다.

지난날 우리가 함께할 때 예쁘다고 칭찬받았거나
가족이 예쁘다고 칭찬했거나 또 자기가 평소에 좋아했던
그런 옷과 액세서리를 하고 오는 것 같았다.

그들이 입던 옷이나 용품들은 잘 보관했다가
그들에게 보내주는 것이 맞을지도 모르겠다.
혹 내 생각이 틀렸다 하여도 원래 그들의 것이 아닌가.

또 그들은 그곳에서 자기 옷을 친구들에게 자랑하며
다시 옷을 입을지도 모르니
내 생각에는 섭섭함을 남기지 않은 것이 좋겠다.

이런 생각이 맞다면 또한 동물을 사랑하는 우리에게
많은 도움이 될 수도 있겠다.

…그들이 떠나가는 시간

그리고 쌤은 그동안
긴 시간을 우리와 함께했었다.

그리고 어느 날 밤 슬픈 꿈으로
엄마와 형아에게 찾아오게 되면서
쌤이 떠날 때가 된 것을 알아차리게 된다.

그리고 슬픈 꿈을 꾼 지는 22일쯤 되었고
쌤이 우리 곁을 떠난 지는 1년 4개월쯤 되었을 때
꿈속에서 메시지를 남긴다.

이제는 꿈속에 못 온다며
그러나 앞으로 몇 번은 더 올 수 있다고 그렇게 말하곤
그는 꿈속에서 다시 우리 곁을 떠났다.

그 후 짧은 꿈으로 오긴 했지만
2번째 기일이 왔을 때
그는 엄마 꿈속에서 다시 만났다.
아마도 이 꿈이 나에게 마지막 꿈은 아닐까도 생각해 본다.

…그들이 찾아오는 시간

또 느낀 것은 그들은 특별한 날 명절이든 기일에는

며칠 전부터 온다는 것도 알았다.
우리 샘을 보니 특별한 날에는 잊지 않고 꼭 며칠 전부터
가족에게 미리 찾아와줬다.
혹시나 누군가 아이를 보내고 경험하지 못했다면
예민한 감각과 느낌으로 잘 살펴본다면 아마 그들도
느낄 수 있을 것이다.

그러나 이 모든 것은
언제까지나 함께하는 것은 아니었다.
그들도 시간이 지나면 다시 떠난다는 것도 알았다.

이 세상에만 질서가 있는 것이 아니고
저 건너편에도 어떤 질서에 따라 그들도 살아간다는 것을
여러 경험들을 통해 느끼고 있다.

모든 체험에서 보니 이승과 저승이
연결되어 있다는 말이 맞을지도 모르겠다.

제3부

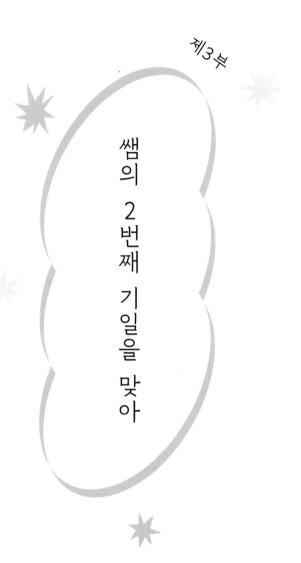

쌤의 2번째 기일을 맞아

쌤의 2번째 기일을 맞아

너의 그리움 속에서 2주기가 돌아왔어.
우리는 너를 아프지 않은 곳으로 보내고
2년이란 시간 속에서
여전히 너를 많이 그리워하고 있어.

하루도 너를 못 보면 살 수 없었던 우리는
이렇게 떨어져 지낸 시간이 많이도 흐르면서
지금 너는 어떻게 지내고 있을까.

네가 떠난 뒤
엄마는 사후세계에 관한 책들을 많이 읽었어.
너희들 역시 사후세계에서 잘 지내고 있다고 하는구나.
하지만 잘 지낸다고 해서 너의 그리움이 사라지는 것은 아니야.
여전히 가족 마음속에 또 엄마 마음속에 있지.

때로는 보고 싶어 가슴이 아파 저리고
때로는 보고 싶어 숨이 막힐 듯 저리고
때로는 그리움에 한없이 목이 메어왔지.

그러면서 엄마는 여전히
우리 쌤이 입던 옷과 용품들을 잘 보관하고 있어.

272

또 네가 그리울 때면 새벽에 나와 앉아
옷가지를 하나하나 만져보며 너의 냄새도 맡으면서
행복했던 추억들을 생각하기도 하지.

쌤아, 나는 언젠간 형아에게 말해야겠다.
혹시 엄마가 어떤 이유에서 말을 못 하고 떠난다면
나의 용품과 너의 용품들을 잘 정리해 줄 것을
형아에게 부탁하려고 해.
그때까지 우리 가족은
너의 용품들과 여전히 함께하면서 지낼 거야.

쌤아, 올해 꽃밭에는 작년보다 국화꽃이 더 많이 피었어.
꽃을 보니 우리의 한 일화가 생각나.
꽃밭 잔디에서 엄마는 풀을 뽑고 너는 옆에서 풀냄새를 맡으며
우리가 마냥 행복한 시간을 보내고 있을 때
어떤 친구가 꽃밭으로 올라왔었지.

그때 너는 무섭게 그 친구를 막아서더니
꽃밭에서 친구를 몰아냈어.
친구 엄마가 기분이 나빠서는
"어머어머, 쟤 좀 봐.
엄마만 지키는 게 아니고 꽃밭까지 지키네." 하면서
그 엄마는 피식했지만
결국 우리는 큰 소리로 다 함께 웃었지.

또 여름날에 땅거미가 내리면 우리는 꽃밭에 나와
아빠를 기다렸던 그 행복했던 날들도 생각나.
쌤아, 아직 꽃밭 잔디에서는 너의 오줌 냄새가 나.

우리의 시간은 거기서 멈춰버렸어.

※

너는 여전히 엄마 마음속에 있고
우리는 항상 대화를 나눠.
오늘 밤도 우리 쌤은 그곳에서 무얼 하니?
엄마는 밤하늘을 보며 너의 모습을 떠올려 봐.
우리 사랑하는 예쁜 쌤 얼마나 변했을까.
아마 두 눈은 저 별처럼 반짝이겠지.

…엄마가 너의 2주기를 보내며

2022년 10월 24일

형아 꿈
쌤과 짧은 산책

저녁을 먹고 나서
아들은 쌤 꿈(5번째) 이야기를 하지만
너무도 짧은 꿈이었다.

꿈속에서…

아들은 쌤이 하늘나라로 간 것을 기억하지 못했고
어디선가 잠깐 쌤과 산책을 했다고 했다.
그렇지만 너무도 행복했다며
아들은 짧은 꿈을 아쉬운 듯 말을 한다.

쌤은 요즘에 이런 식으로 꿈에 여전히 오고 있었다.
하지만 우리는 안다.
아직은 쌤이 꿈속에 가족 모두를 변함없이
찾아와주고 있지만,
곧 떠나야 할 시간이 오고 있다는걸.

이런 시간임을 알기에
오늘 형아의 짧은 꿈이지만 우리는
소중한 마음으로 간직한다.

2022년 11월 19일

먼 훗날의 향수가 될지도

어제부터 가을비가 촉촉하게 내리고
아니 어쩌면
겨울비가 쓸쓸히 내리고 있는 것일까.

이제는 그 화려했던 가을 국화도
우리와 작별을 하고
또 뭔가 아쉬운 듯 보이는 이별의 슬픔들이 살며시
엄마 마음에 와닿기도 해.
조금 남은 빨강 단풍잎마저도 이제는
떠나야 하는 걸 안다는 듯 비에 젖어 가는구나.

이렇듯 또한 계절이 가고 있는 쓸쓸한 오늘 아침
고시텔에 거의 다다랐을 때,
엄마는 너의 아모향수를 또 맡았어.
아마도 너는 지금 엄마에게 왔나 보다.
이 길은 지난날 우리가 함께했던 길이기도 하지.
오늘 이런 쓸쓸한 엄마 마음을 알았을까.

나는 무척이나 반가운 듯
갑자기 슬픈 울림을 오늘따라 더 깊게 느끼며
걷고 있는 발걸음에 눈물이 고이고 있어.

아마도 엄마는 그동안 네가 많이도 그리웠나 보다.

쌤아, 너와 함께 있을 때는 생각지도 못한 일이지만
너 없는 동안 엄마는 외로움을 배웠어.
그리고 눈물도 배웠어.
그렇지만 엄마는 괜찮아.
이 깊숙한 외로움에서 나는 더 강한 엄마가 되어가니까.

쌤아, 우리가 향수로 만난 지는 두 번째 기일이었으니
한 달이 넘었지.
그래도 다시 엄마를 찾아와주니 눈물이 나는구나.
여전히 너는 엄마의 마음을 살피는 것 같아.

그렇지만 엄마는 생각해 보았어.
우리가 또 향수로 다시 만날 수 있을까.
앞으로 향수가 없다면 우리 쌤은 더 이상 엄마에게
오지 않은 것이 되겠지.

항상 여기에는 가슴이 찡해 오지만 이것 또한
꼭 거쳐 가야 하는 길이라는 걸 알아.
이제는 아모향수도 조금씩 조금씩
엄마 곁에서 멀어져 가는 것처럼 느껴지고
그렇기에 이런 시간들은 언제나 소중한 선물인 것을 알아.

머지않아 앞으로는

너의 향수가 많이 그리워지면서

아마도… 먼 훗날의

이야기가 되겠지.

2022년 11월 29일

네가 가구 위에서 뛰어내렸지

오늘 아침 6시쯤
나는 눈을 뜨고 누운 채로 멍하니 있었다.
그때 '쿵!' 하는 소리가 들리면서
머리맡 얼굴 쪽 바로 내 눈앞에 뭔가 뛰어내렸다.
분명히 누군가가 뛰어내리는 울림에 눈이 깜박거렸지만
이것은 일반적으로 뛰어내리는 소리와는 사뭇 달랐다.
그 어떤 실체도 없었다.

그러나 그 울림은 너무도 가벼운 듯하고
아주 부드럽고도 평온하며 귓가에 살며시 속삭이듯 들렸다.
어쩌면 이 울림 역시 설명하기란 불가능한 것을 보니
아마도 이 세상 소리가 아닐지도 모르겠다.
그래… 그것이 맞는 듯하다.

나 역시 이런 신기하기만 한 현상에 또 놀라고 있으면서
나도 모르게 그 평온함 속에 나도 있었다.
누군가 분명 얼굴 앞에 뛰어내렸지만,
보이지 않는 허공 속의 아주 부드러운 메아리와도 같았으며
이것은 아마도 분명 영적 체험이 분명했다.

때로는 생각할 수도 없는 일들이 내 앞에서 벌어질 때면

나는 모든 것을 이 세상일이 아닌
저 너머 세상의 일이라 받아들인다.
나는 그렇게 생각할 수밖에 없다.
우리 쌤을 하늘나라로 보내고부터 모든 게 시작됐으니까.

그것이 아니라면 답은 딱 하나가 아니겠는가.
내가 미쳤든가…
영적 체험이든가…
그것밖에 더 있겠는가?

나도 이런 현상들에 놀라며 궁금해하지만
보이지 않는 실체에서 무슨 답을 찾을 수 있을까.
이것 또한 아무에게도 말할 수 없다.
내가 얘기한들 누가 내 말을 귀담아듣지도 않겠지만,
말하게 된다면 나는 분명 미친 사람이 될 것이다.

또 지나온 일들에 대해서도
이 또한 아무에게도 말할 수 없다.
아무리 생각해 보아도 모든 것들은 분명
이 세상의 일이 아닌
저 너머 세상의 일처럼 느껴지기 때문이다.

아마도 이번 일은
우리 쌤이 엄마 머리맡 가구 위에서
뛰어내린 것은 아닐지 조심스럽게 생각해 본다.

그런 생각을 해보며

나는 또 하나의 영적 체험으로 가슴이 뛰지만

여기에는 어떤 답도 없는듯하다.

나는 그저 이 글을 통해 전하고 있을 뿐이다.

2022년 12월 19일

책을 보며

오늘 보니
우리 쌤을 하늘나라로 보낸 지도
2년 1개월 28일 되는 날이다.

쌤아, 요즘 엄마가
사후세계에 관한 책을 또 몇 권 샀어.
그중 특히 눈에 띄는 책이 있었는데,

나는 그 책을 정신없이 읽었어.
무슨 내용일까 아주 많이 궁금했거든.
그 책에는 알고 싶어 했던 내용들이 많이 있었지.

엄마는 그동안 너를 보내고 신비한 체험들에 대해
의아해하면서 지내왔었는데,
그 책 속에는 엄마와 우리 쌤이 영적으로 함께했던 일과
같은 사례도 비슷한 사례도 많았지.
그렇기에 더 확실하게 마음에 와닿는 것도 있었어.
또 책 속에는 여러 신비한 체험들이 많지만,
그중에서 나는 꿈에 관한 이야기가 제일 알고 싶었지.

왜냐하면…

우리 쌤이 꿈속에 다른 아이들보다 더 많이 오는 것 같아.
그동안 엄마는 궁금했었어.
다른 아이들은 떠나고 나면 꿈속에 아예 안 오든가,
또 온다고 해도 한두 번밖에 오지 않는 아이들도 있다고 들었어.

그런데 너는 그동안 다른 아이들과 다르게
너무도 많이 꿈속에 와서 엄마는 놀라기도 했었지.
책에는 다행히 꿈에 관한 이야기가 있었는데
그들이 꿈속에 많이 올 수 있는 것은 모두
사랑의 힘이었다고 하는구나.

엄마는 그 내용을 읽을 때 너무 감동하여
코끝이 찡하게 울렸고, 엄마 가슴이 콩닥콩닥 뛰기 시작했어.
엄마는 그만 눈시울이 뜨거워지면서 울고 말았지.
이것은 정말 큰 감동이었어.

언제든 너는 꿈속에 항상 에너지가 넘치고 그래서
엄마는 신기하면서도 좋았어.
그 역시 서로를 하나로 이룬 '사랑의 힘'이라고 하는구나.

너는 그런 사랑의 힘으로 꿈속에
자주 올 수 있었다는 말인가 봐.
우리는 아마 큰 사랑으로 연결되어 있고
그 사랑은 영원히 변치 않을 사랑이기도 하지.

우리 쌤은 저세상에서도 가족을 이처럼 사랑하고 있었다.

※

너무 좋은 책이었다.
나는 이 책에서 많은걸 깨달으며
쌤의 사랑을 더 깊이 알게 되었다.

2022년 12월 22일

사람마다 슬픔의 차이

우리는 아이들(반려동물)을 보내고 나면
그 슬픔도 아픔도 아이마다 다른 것을 느끼게 되며
극복의 차이도 사람마다 다르다고 했다.
한두 달이면 잊거나 몇 년 혹은
평생을 가는 이들도 있다고 들었다.

우리가 함께했던 아이 중에서도 이제는 볼 수 없는
두 아이가 있었는데 그리 오래가지는 않았고,
어느 날 보니 그들을 잊고 살아가고 있었다.

그런데 쌤은 왜 다른 걸까?
알 수 없지만 그 끌림이 처음부터 남달랐다.
또 책에서도 읽었지만,
사람마다 아주 특별한 아이가 따로 있다고도 했다.
아마도 쌤이 우리에게는 그런 특별한 아이가 아니었을까.

다른 사람들도 아이들을 키워봤다면
그리고 또 보내봤다면 알겠지만,
아이마다 이별의 방식과 그 느낌이 다르다.

그러나 어떤 차이가 있다고 해서

그들을 사랑하지 않은 것은 아니었다.
생각해 보니, 어떤 환경에선 빨리 잊을 수도 있었고
또 어떤 사정으로 특별히 챙겨야 했던 아이도 있었다.
따라서 아픔의 종류와 강도도 달랐을 테지만,
여전히 특별하게 끌리는 아이는 따로 있었다.

또 어떤 사정이 그들에게 있었다 할지라도,
몇 달도 못 가서 자기 반려견을 잊은 사람들은
평생 아파하는 사람을 보고 이해하지 못한 채
그들을 향해 궁상을 떤다고 할 수도 있겠다.

우리나라는 오랜 세월 동안
강아지를 식용으로 키워와서 그런지
그들에 대한 안타까움을 모르는 사람들도 있고,
지금도 여전히 대부분 사람의 정서에는
반려견을 떠나보내고도 그 슬픔을 모르는 사람들도 있었다.

그런 어떤 생각의 차이로 우리는 자신의 아픔을
감추고 살아가며 나 역시 어떤 신비한 체험을 했다고 해서
누군가에게 말할 수 있는 것은 아니다.
아이를 보내더니 미쳤다고 자기네끼리
수군거릴 수도 있지 않겠는가.

이런 이유로 우리는 반려견을 보낸 같은 사람들이라도
서로 그 마음을 보이지 않게 된다.

사람마다 자기 반려견에 느끼는 감정이 다르듯
아파하는 사람의 슬픈 감정 역시 다르다.
그리고 그 슬픔의 깊이도 다르다.

누군가가 아이를 보냈다고 해도,
서로 터놓고 슬픔을 공유할 수 없는 것 또한
상대방의 슬픈 감정의 깊이를 알지 못하기 때문이다.
그 깊이를 모르고 말하면 틀림없이
누군가는 상처를 받을 수도 있기 때문이다.

또 어찌 보면 가족 간에도
같은 아이를 보낸다 해서 다 같은 건 아니다.
가족의 아이였지만, 보낼 때는 각각 스스로 감당해야 하는
슬픔의 몫이 따로 있다는 것도 알았다.

우리는 같이 살아가지만
우리 인생은 또한 혼자인 것이다.

또 우리의 반려견 아이를 보내고 나면
행복했던 날들보다는 아팠던 날들이 더 많이 생각날 때도 있다.
나 역시 그렇다. 행복했던 17년에 비하면
아팠던 날들은 고작 몇 달이었는데도
왜 가슴속에는 더 큰 비중을 차지할까?

아마도 그 이유는

너무 사랑했던 아이가 아픈 모습에서 오는 충격과
또 아프던 날들이 마지막 기억으로 남기 때문은 아닐까.
누구나 그 모습은 너무 아프고 슬퍼서
기억하고 싶지 않을 것이다.

사랑하는 이들이 떠나가면
우리는 이별이라는 상처를 안고
또 나름의 애도 방식으로
사랑의 깊이에 따라
또 아픔의 깊이에 따라
우리는 묵묵히 살아간다.

참새 이야기

오늘은 불현듯 창밖을 보니
어떤 기억들 속에서
참새들이 떠오르고 있었다.

그러고 보니 나는 시골에서 태어나 자랐기에
참새에 대한 특별한 어떤 것도 없었고,
그냥 그들은 언제까지나
우리 곁에 항상 있어 주는 존재인 줄만 알았다.
그러기에 마음 깊이 생각한 적 없었고
마음에 두지도 않았었지만
그들은 언제부터인가 내 마음에 있었다.

그것은 내가 한 아이를 사랑하게 되고
다른 동물들도 사랑하게 되면서
이 사랑은 우리 쌤에게서 온 사랑이다.
특히 우리 쌤 색깔을 닮은 동물은 더 많이 끌리며
더욱 정이 갔다.
참새 역시 그중 하나이기도 했다.
아마도 나는 우리 쌤을 이토록 사랑했나 보다.

누구나 살다 보면

자기 인생에서 제일 행복했던 날들이 있다.
남편과 앞산에 갈 때면
쌤과 함께 산책하던 때의 행복감을 떠올리게 된다.
어디서나 흔히 볼 수 있었던
참새 지저귀는 소리 그리고 숲속의 고요함은
또 하나의 행복함 속에서
그때가 얼마나 행복했었는지를 다시 느끼게 해준다.

아마도 나는 우리 쌤과 함께했던
지난 세월이 아닐까도 생각한다.
그런 세월에서 이제는 그 참새들도 멀어져 가고 있다.
오염으로 인해 사라져 간 것인지 이유는 알 수 없지만,
난 오늘 지난날 기억 속에서 그들이 그리워지고 있었다.
지금도 그때처럼 참새라도 우리 주변에 있어 줬다면 어쩌면
나는 그들을 보며 위로받았을지도 모른다.

참새는 다 어디로 갔을까?
이제는 보기도 힘들고 어쩌다 아주 소수만이 보인다.
지난날 참새가 많았던 그 시절엔
쌤은 참새를 잡아 보겠다며 뛰어다니며
우리를 웃음 짓게 한 적도 많았다.

우리들의 사랑스러운 반려견을 보냈다면
그들과의 추억은 누구에게나 다 그리울 것이고
그들은 항상 우리와 늘 가슴속에 있다.

모든 것은 떠나가는 것 그러나
그들을 향한 그리움은 영원하다.

너 없는 세 번째 설을 보내며

너를 보내고 세 번째 설을 보냈어.
쌤아, 올 설에는 네가 오지 않았구나.
어쩌면 엄마가 너를 기다렸을까.
그래, 엄마가 어찌 기다리지 않을 수 있겠니.
은근히 기다렸단다.

이미 너는 먼저 꿈속에서 우리 곁을 떠나갔지만
혹시나 와 주려나 하는 마음도 있었어.
그것이 엄마의 마음이니까.
그리고 그것은 모든 엄마의 마음이기도 하지.

그러나 쌤아, 괜찮아.
이번 설에 네가 안 왔다고 우리가 멀어진 것은 아니니까.
엄마는 언젠가는 이런 날이 올 것을 알고 있었고
이제는 너를 보내줘야 한다는 것도 알아.

또 어찌 보면 이런 날들을 벌써부터 예상하고 있었으니
당연히 와야 할 시간이 우리에게 왔을 뿐이야.
그러니 엄마에게 미안해할 것 없단다.

그러면서 또 오늘같이 쓸쓸한 밤이면

엄마는 복도에 나와 밤하늘을 쳐다봐.
이런 일들은 너를 보내고부터 있는 일이기도 해.
슬플 때도 또 기쁠 때도 밤하늘을 보며
엄마는 너와 대화를 하지.
그러면서 집에 이야기도 하지.

꼭 네가 밤하늘에 있는 것처럼 말이야.
쓸쓸한 오늘 밤도 울적한 마음이 들지만
엄마는 용기를 내고 있어.
이제는 그래야만 할 것 같아.
이것이 네가 바라는 일이고 또 너의 마음이 편할 테니까.

어쩌면 이런 날들은 조금씩 조금씩 엄마에게서
떠나는 연습을 하는지도 모르겠다.
언젠간 너는 연습이 끝나면 그곳으로 돌아가겠지.

엄마 아빠 형아가 없는 곳에서 어떻게 지낼까 생각하면
가슴이 메어오지만,
우리 사랑하는 예쁜 쌤…
이제는 서로 그렇게 살아가야 한다는 것도
우리는 알고 있지.

그러면서 또 때로는
어떤 특별한 날이나 네가 그리울 때면,
엄마는 또 복도에 홀로 나와 밤하늘을 보며 대화를 하겠지.

엄마는 늘 너에게 그랬던 것처럼… 웃으면서.
쌤아… 오늘 이러이러했다고 하면서
너와 많은 이야기를 또 하겠지.
이제는 이것이야말로 엄마에게 남은 행복일지도 몰라.

다음 설에도…
또… 그다음 설에도 말이야.
그러면서 엄마는 한 해, 또 한 해 설을 기다리며
긴 세월을 보내게 될지도 몰라.

너를 막 떠나보냈을 때가 생각이나.
너를 언제쯤 다시 만날 수 있을까 그런 생각도 했고
또 우리가 다시 만날 수나 있을지 막막했었지.
그러나 이제는 우리가 다시 만날 것을 알았으니
괜찮아…
우리에게 영혼이 있다는 것에 감사하며
이것이야말로 큰 축복이 아니겠니.

설에 엄마가 너를 그리워하며…

2023년 1월 26일

엄마 꿈
쌤의 마지막 꿈 재회

우리 쌤을 보낸 지 2년 3개월 10일 되었고
나는 우리 쌤의 마지막 꿈(18번째)을 오늘 새벽에 꾸었다.

꿈속에서….

갑자기 쌤이 엄마에게 오더니
"엄마… 어떡하지…" 하며 나를 바라봤다.
난 그 순간 꿈이지만 깜짝 놀랐다.

너무도 그리운 내 새끼가 오랜만에 와서 그렇게 말하니
놀라지 않을 엄마가 어디 있을까.
쌤은 뭔가 걱정하는 모습이었고,
나는 그 모습에 근심이 쌓인다.

하지만 엄마를 찾아온 쌤을 얼른 안으면서
"괜찮아, 괜찮아…" 이제는 엄마가 옆에 있으니,
아무것도 걱정할 것 없다며 쌤 엉덩이를
토닥이며 안심을 시켰다.

그러면서 우리는 아주 오랜만에 만난 느낌이었고,
마음 깊은 곳에서는 슬픔인 듯 기쁨인 듯

어떤 잔잔한 슬픔 속에서 끝내
나는 쌤을 안고 흐느껴 울고 말았다.
항상 그렇듯 가슴 깊은 곳에선
이미 우리가 헤어진 것을 알기에 꿈속에서는
어떤 기쁨도 슬픔을 이기지 못한다.

그러면서 쌤이 무엇을 걱정하는 건지
나는 크게 걱정을 했다.

그리고 꿈속에서 깨었고 정말 나는 당황해했다.
지금, 이게 무슨 꿈일까?
이 상황을 어떻게 받아들여야 할까?
걱정되어 다시 잠을 이룰 수가 없었다.

그러나 그곳은 아픔이 없는 곳이라고 하지 않던가.
무엇을 걱정하랴.
모든 것을 그냥 흘려보내기로 마음먹는다.
그러면서도 나는 쌤이 꿈속에서 무엇을 걱정하는지
다음 꿈을 기다려 보기로 했다.

그러나 쌤은 더 이상 꿈속에 오지 않았다.
나중에 생각해 보니, 그는 이번이
마지막 꿈이라는 것을 알고 왔기에 엄마를 걱정하며
"엄마… 어떡하지…" 하고 말한 것은 아닐까?

나는 그날 꿈속을 떠올려보니
못내 아쉬운 듯 눈물이 젖어 든다.
이제 다시는 그를 꿈속에서 안아 볼 수 없는 것일까.

나는 쌤을 보내고 꿈속에서
쌤이 사람 목소리로 말을 하는 꿈은 세 번째 꿨다.
꿈에서 동물이 어떻게 사람 말을 할 수 있을까.
생각해 보니 사람 목소리로 올 때는
특별한 어떤 메시지가 담겨 있었다.

첫 번째는 우리 쌤이 떠나고 처음으로 엄마 꿈속에 올 때
〈쌤이 천국에서 친구를 데리고 왔다〉에서,
두 번째는 꿈속에서 이제는 우리 곁을 떠나갈 때
〈쌤이 다시 떠나는 꿈〉에서,
세 번째는 지금 이 글의 엄마 어떡하지 하고 걱정하는
〈쌤의 마지막 꿈 재회〉 꿈이다.
이렇듯 어떤 뜻이 담겨져 있었다.

그리고 아빠도 쌤이 처음 꿈속에 왔을 때
말하는 꿈(아빠 집으로 가요)으로 찾아왔었다.

아마도 사랑하는 아이를 보내고 난 뒤
그들이 꿈속에 와서 이야기하는 것을 접한 사람들도
많이 있을 것이다.

쌤이 꿈속에서 말할 때면 참으로 신기했다.
꿈속에서는 동물도 말을 하다니!
이 또한 너무도 신비스러운 일이다.

먼저 꿈속에 몇 번은 더 올 수 있다고 말했었는데
쌤은 그 말대로 몇 번은 더 왔지만,
이번 꿈을 꾼 뒤로는 그는 꿈속에 더 이상 오지 않았다.

그러나 세월이 아주 많이 흐른 뒤에는 모르겠다.
또다시 꿈에 올지도 모르지만,
지금까지도 이것이 쌤의 마지막 꿈으로 남아있다.
그는 그렇게 떠나갔다.

쌤아… 그동안 고마웠어.
지난날 함께했던 우리들의 시간은 영원히 영원히
엄마는 잊지 않을게.
언제나 그곳에서 행복해야 해.

너의 마지막 꿈을 꾸며 엄마가…

2023년 2월 3일

형아 꿈
쌤과의 산책

엄마 꿈속에 온 지 9일 만에
형아 꿈(6번째)에도 왔다.
그렇지만 형아에게는 마지막 꿈은 아니다.
아들이 지난밤에 쌤 꿈을 꾸었다고 했다.

…형아 꿈속에서

꿈속에서 아들은 쌤과 함께
산책하고 있었다.
뛰기도 하고 또 걷기도 하고
꼭 끌어안고 뽀뽀도 하며
행복한 시간을 보내다 깼다고 했다.
행복한 꿈이었다.

아들은 꿈속에 좀 더 오래 머무르지 못한 것을
아쉬운 듯 꿈 이야기를 했지만,
난 좋은 꿈을 꾸었다며 아들과 기뻐했다.

앞으로 쌤은 형아 꿈속에 또 와줄지
궁금하기도 하다.

2023년 2월 12일

우리 쌤 에너지

오늘은 금요일 새벽이었다.
여전히 지금도 나는 새벽 4시 30분쯤 일어난다.
이런저런 일을 하고 우리 쌤 옷가지도 만져보고
다시 잠이 들려 할 때,
왼쪽 다리에 어떤 느낌이 오고 있었다.
하지만 나는 이미 아 느낌을 알고 있어
차분함 속에 사랑의 친근감이 든다.
아마 우리 쌤이 또 왔나 보다.

그렇지만 이번 에너지의 느낌은 조금 다르게 느껴졌다.
그 접촉한 부위가 간질간질하면서 불쑥불쑥 이불이
부스럭대는 것 같기도 하고
또 한편으로는 바람에 가랑잎이 부스럭대는 그런
느낌이기도 했다.

조금 다르게 느낀 것은 아마도
다리와 이불이 맞닿아 있어서는 아닐지
나는 이 신비한 현상이 신비롭기만 했다.

그래서 고개를 살짝 돌리다 그만 다리가 움직이는 바람에
그 에너지는 사라져 버렸다.

300

욕심을 부린 것이 조금은 아쉽기도 했지만
오늘 새벽에도 우리 가족은 집에 다 있었다.
하지만 엄마는 네가 보이지 않는 걸 보니
아마도 우리가 헤어진 것이 맞는가 보다.
그러나 엄마는 네가 와서 좋구나.

지금 보니 우리 쌤을 보낸 지는
2년 3개월 25일이라는 시간이 흘렀지만
그는 여전히 우리 곁에 오고 있었다.

그러나 이제는 떠나야 할 시간이 다가오면서
우리는 서로 헤어질 마지막 연습을 계속
하고 있는지도 모른다.
또 세상에는 부득이하게 헤어져야 하는 일도 있다는 것
그것은 바로 이런 것임도 알았다.

그러나 우리는 헤어진 것이 아니다.
잠시 떨어져 있을 뿐이다.
우리는 이미 그것을 알고 있지만
그렇다고 그리움이 사라지는 것은 아니다.
여전히 우리 마음속에 있다.

그들도 마찬가지로 가족의 그리움을 간직할 것이다.
우리의 사랑은 영원하니…
또 앞으로 그가 엄마에게 보내오던 이 에너지 역시

다시 느끼지 못한다면 그 뒤에는 어떤 시간을 보내게 될지
나 또한 알지 못한다.
사후세계에 관한 책들이 옳다고 할지라도 나에게는
직접 체험하는 것이 더 소중한 선물이라는 것도 알았다.

때로는 이런 이야기들을 누군가와 나누고 싶을 때도 있지만,
아이들을 보낸 사람일지라도 이 같은 경험을 하지 못했다면
말을 꺼내기가 어려운 것도 사실이다.
"저 사람이 뭐라는 거야?" 하지 않겠는가.

또 누군가 아이를 보냈다면 어떤 경험을 했는지
또 어떤 체험을 하고 있는지
아이마다 사람마다 또 다른 그들만의 체험담이 있을 테니.
그들도 말하고 싶지 않을까.
나처럼…

나는 이런 이야기들을 나만 알고 있기엔
너무도 가슴이 뛰었다.
그래서 나는 이런 이야기가 세상 밖으로 나가
자기 반려견을 보내고 슬퍼하는 이들을 만나보면
어떨까도 생각해 보았다.

그래서 난 지금 이 글을 쓰고 있다.

2023년 2월 18일

향수에 대한 이야기

그동안 우리 쌤이 엄마에게 뿌려주는
향수에 대한 글을 많이 썼다.
누군가는 지금까지도 이 글을 읽으면서
향수에 대한 이야기가 낯설 수도 있고
또 믿어지지 않을 수도 있을 것이다.

그래서 나는 책 속에서
같으면서도 비슷한 사례를 하나 이야기해 본다.

이 세상을 떠난 사람들도 가족이 기억하는 냄새로
찾아올 수도 있다고 하였다.
나는 쌤을 보내고 보니
사람만 그렇게 할 수 있는 것이 아니고 반려동물도
자신의 냄새나 특유의 냄새로 자기가 왔음을
사랑하는 가족에게 알린다는 것을 알았다.

내가 읽었던 책에는
어떤 식으로 냄새를 전달하는지 나와 있지 않았던 것 같지만,
나의 경우에는 바로 코앞에서 분무기를 뿌리듯 느껴졌다.

책 속엔 영적인 신비한 이야기들이 많이 있지만

나는 항상 얘기하듯 직접 경험하는 것은 놀라운 일이며
또 이런 체험들은 경험하는 입장에선 더더욱 진실일 것이다.
책에서도 이런 신비한 체험은 사랑하는 그들이 주는
아주 크나큰 선물이라고 했다.

또 내가 생각하기에는
사랑하는 이들이 어떤 냄새를 준다고 해도
그 시간이 짧기에 잠깐 낯익은 냄새를 기억하겠지만,
깊이 생각하지 않고 스쳐 지나칠 확률이 높다.

나 역시 우리 쌤이 처음으로 냄새를 줄 때
알아차리도록 주었기 때문에 그 냄새를 기억했다가
나중에 알 수 있었다.

아주 예민한 감각을 지닌 사람일수록
그 냄새를 더 빨리 알아차릴 수 있겠지만
냄새를 주는 그들의 성격에 따라
다를 수도 있겠다고 생각해본다.

2023년 2월 24일

너의 아모향수를 또 맡으며

쌤을 보낸 지 2년 4개월 23일 되었고
그리움 속에서도 봄은 오고 있다.

어느덧 들에는
산수유 매화 개나리 진달래가 피고 있다.
그리고 우리의 마지막 꽃이었던 앵두꽃도 피겠지.
하지만 아직은 날씨가 쌀쌀하고 춥다.

오늘은 일요일 저녁.
나는 개천 강가로 가는 길이었다.
5~6월이면 노란 개금꽃과 빨강 양귀비꽃이 온 강가를 물들이면
우리는 강변에 나가 놀기도 했던 그때가
행복한 기억 속에서 지나가고 있다.

지금은 강변도 변했고 우리가 함께했던 옛 모습은 아니지만
여전히 지난날을 그려 보면서 변해가는 모습에
아련한 슬픔에 밀려온다.

나는 강가 아래로 내려가자
쌤은 우리의 아모향수를 3개월 19일 만에
엄마 코에다 또 뿌려주고 있었다.

아마도 우리 쌤은 지금 엄마 옆에 있나 보다.

나는 그 자리에서 일어나며
아무도 없는 어둑어둑해지는 강변에서
'쌤아… 쌤아…' 부르며 울먹였다.
다시는 울지 않겠다고 다짐했지만
갑자기 그리운 내 새끼가 오면서 울컥한다.

당신이라면 떠나보낸 반려견이
자신을 찾아왔다면 어떻게 하겠는가?
아마 누구였든 울고 싶을 것이다.
그러나 이것은 기쁨의 눈물이기도 하다.

항상 그랬듯 이런 시간은 준비되지 않은 나에게
어떤 장소에서든 이루어지지만,
나는 그때마다 고마운 사랑도 잊지 않는다.
왜냐하면
그들 역시 엄마 사랑을 그리워할 테니까.

하지만 쌤이 언제까지고 향수로 찾아와줄까?
그건 아닐 것이다.

그러기에 지금 이 시간이 나에게 얼마나 소중한지
그저 오늘에 고마울 뿐이다.
어쩌면 이것이 그의 마지막 향수는 아닐지.

2023년 3월 19일

나는 아직도 흐느끼며

쌤을 보낸 지는 오늘로써 2년 5개월 되었다.
나는 자다가 새벽에 깨었는데
나도 모르게 가슴이 흐느끼고 있었다.
이것은 슬퍼서 우는 것이 아니고
가슴에서의 울림을 말하며 쌤을 하늘나라로 보내고부터
주기적으로 가끔 있는 일이다.

이미 알고 계신 분들도 있겠지만
아이들이 슬프게 울고 난 뒤 잠을 자면서도 흐느끼는 것처럼
나 역시 내 의지와 상관없이 아직도 가끔
나의 가슴은 흐느낌의 울림을 하고 있다.

가슴 깊은 곳에서 아직 풀지 못한 슬픔인가.
벌써 2년 5개월이라는 시간이 흘렀건만
아직 가슴은 무엇을 기억하고 있는지.
다른 이들은 아이를 보내고 어떻게 극복했는지 모르지만
그들도 나처럼 많이 아파했다면
아마도 힘들지 않았을까도 생각해 본다.

그러나 항상 슬픔의 차이에는
아이마다 또 사람마다 모두 다르다는 것

그러니 이 흐느낌에 대해서도 다를 것이다.

내가 느낀바 이런 아픔의 상처는
귀가 먹먹하게 울리면서 잘 안 들리고
가슴 통증까지 올 때도 있었는데
그때는 정말 숨을 쉬기가 어려웠다.
그러면서도 가슴 통증은 금방 사라지지 않았고
또 통증이 사라진 뒤에도 뻣뻣하면서 조여드는 듯한
무거움이 있었다.

또 이런 느낌은 아주 오랜 시간 가슴에 머물러 있는다.
심장이 멈춰버릴 것 같은 공포 속에서
숨쉬기는 여전히 힘들고 정말이지
내가 이러다가 죽는 건 아닌지 무서워지기도 했다.
가슴이 아프다는 말이 이런 것임을 알게 되었다.

한 번도 앓아본 적 없는 대상포진도 몸에 퍼졌다.
또 잠을 자다가 때로는 무엇에 깜짝 놀라 깨서는
지금 무슨 상황인지 몰라
어두운 방에 멍하니 앉아있을 때도 있었다.

사랑했던 한 아이를 보내는 것이
이처럼 힘겨운 일임을 나는 알게 되면서
먼저 보낸 이들의 아픈 심정을 또다시 이해하게 되었다.

누구나 이런 감정들은 가슴 깊고 깊은 곳에 내재되어
사람마다 시간 차는 있겠지만 치유되려면
많은 아픔의 시간 속에 있어야 한다는 것도 깨달았다.

이런 후유증은 여전히 내 가슴에 아직도 남아있는 듯하고
이 모두가 치유 과정이므로
나는 아주 서서히 나아갈 것이다.
그러면서도 이 모든 것이 너를 향한 그리움이란 걸 알기에
가슴이, 또 마음이 하고자 하는 대로 지낼 것이다.

무엇이 급하겠는가?
이제 와서 나에게 서두를 것은 아무것도 없다.
그러나 분명 나보다 더 많이 슬프고 아픈 사람들도 있을 것이다.
그들의 말을 들어본 적 없을 뿐.

그들의 아이들을 향한 애틋함과 사랑이
모두 다른 모습으로 아이들에게 다가갈 테니.
반려견을 보낸 사람들이 이 책을 본다면
그때의 슬픔을 함께 공감할 수도 있을 것이다.

아직 보내지 않았다면 많이 아플 수도 있다는 걸
기억해야 할 것이다.

2023년 3월 24일

따뜻한 봄날의 아모향수

1호선 전철에 사람들이 많지 않았다.
나는 의자에 앉았고 몇 정거장 정도 갔을까.
어디선가 갑자기 아모향수 냄새가 내 코로 들어왔다.
지금 쌤이 또 내 곁에 왔나 보다.

이 따뜻한 봄날
쌤은 엄마에게 아모향수를 뿌리며 또 내게 와줬다.
날씨가 좋으니 엄마 생각이 났을까.
나도 그의 아모향수에 기쁘기도 하고 눈물이 날 것도 같지만
눈물을 감추고 텔레파시로 사랑을 전한다.
아모향수 역시 여운을 남기며 금방 사라져간다.

그러고 보니 우리 쌤은 그동안 전철 안에서
엄마를 가끔 찾아오기도 했다.
나는 오늘 우리 쌤이 향수를 뿌릴 때
내 옆 사람에게 "지금 어떤 향수 냄새가 나지 않나요?" 하고
물어보고 싶었지만, 말이 나오지 않았다.

"무슨 향수요?" 하고 되묻는다면
나는 그 자리에서 우스운 사람이 되고 말 것이다.
바로 내 코앞에다 뿌리기 때문에

다른 사람들은 못 맡을 수도 있겠구나 생각이 들었다.
어찌 보면 이것은 나만 알고 있으라는
쌤의 배려인지도 모른다.

이것은 나에게 있어서 아주 귀한 선물이고
또 언제까지나 잊지 않고 기억해야 하는
나만의 소중한 아모향수이기도 하다.

쌤아…
지금은 따뜻한 4월이구나.
밖에는 철쭉꽃이 피었고 우리가 함께했던 꽃밭에도
요즘 철쭉꽃이 한창이야.

쌤아, 너도 보았니?
아마도 네가 있었다면
우리는 요즘 산책을 많이 나가겠지.
엄마는 그때가 그리워지고 있어.

집에 와서 달력을 보니
오늘이 너와 헤어진 지 2년 5개월 27일 되었구나.

이런 그리움 속에서 우리는 여전히 지금까지도 묵묵히
함께하고 있었다.

2023년 4월 20일

311

우리 쌤이 집에 왔나

나는 새벽 4시쯤 일어나
거실에 불을 켜고 작은 방에도 불을 켜며
막 돌아서려고 할 때 툭 하는 소리가 들렸다.

이게 무슨 소리지 뒤돌아봤지만,
이상한 건 없었기에 다시 방문을 나서려고 할 때,
바닥에 있는 고양이 장난감 터널에서
방울이 서로 딸랑딸랑 부딪치고 있는 것이 아닌가.

혹 물건이 떨어졌을까도 생각해 봤지만
그건 아니었다.
그렇다고 내가 그쪽으로 간 것도 아니다.
그리고 고양이들은 지금 안방에서 자고 있지 않는가.

나는 이 상황을 의아해하면서도
한편으로는 쌤이 온 것은 아닐까.
"엄마, 내가 왔어!"라고 알려주고 있는 것은 아닌지.
지금 이 상황은 충분히 그런 생각도 할 수 있었다.

상상이라도 좋다.
그런 가능성에 나는 기쁘다.

쌤이 말한 대로 꿈속에 오지 않은 지 오래되었고
우리의 헤어질 시간도 차츰차츰 가까이 오고 있는
이런 적적한 시간에서
그가 왔다면 좋은 일이 아니겠는가.

'쌤아, 오늘 아침에 너였니?'
나는 그동안 쌤을 보내고 난 뒤
새벽부터 불을 환하게 켜놓는 습관이 생겼다.

그것은 그를 떠나보낸 슬픔으로 일찍 일어나
지금까지 해오던 것이 습관이 되면서
아직 나에겐 이것이
편안함을 느끼게 해주기 때문이기도 하다.

아주 가끔은 우리가 여전히 함께하고 있다고
어떤 메시지라도 좋으니
오늘처럼 엄마에게 알려주었으면 좋겠다.

엄마는 네가 많이도 그리워.

2023년 5월 18일

고시텔 이야기
고마운 마음

우리 쌤이 떠난 지 2년 7개월 되었다.
그간 이 글에서 가끔 고시텔 이야기가
많이 나오기도 했는데
이제야 고시텔에 대한 이야기를 써본다.

어떤 반려견은 우리가 인생에서 가장 어두울 때
우리 곁에 와서 도움을 준다고도 했으며
특별한 그들은 꼭 와야 할 시기에 온다고도 했다.
그래서였을까. 우리 쌤 역시 그랬다.

어찌 생각해 보면, 그때 우리는 보이지 않은
어떤 인연으로 이미 만나기로 예정되어 있었을까.
쌤을 만나고 보니
꼭 와야 할 아이가 온 것처럼 남달랐다.

그 후, 우리 가족은
그의 재롱과 함께 서서히
어두운 곳에서 새로운 길이 열리고
막혀있던 모든 것에도 행복이 찾아들었다.
그리고 그 긴 시간은 우리 가족의 인생에서 제일 행복한
17년이 넘는 세월이 되고 있었다.

그때는 이 행복이 그냥 왔을 거라 생각했지만
그가 떠나고 시간이 지나고 보니
그 행복은 그에게서 왔음을 알게 되었다.

그러면서 우리들의 만남이
아주 특별한 만남이었다는 것도 알게 되었다.
쌤 나이가 18살이 되어가던 어느 날,
정확하게 말하자면 그가 우리 곁을 떠날 때가 되었을 때,
남편은 지금의 고시텔을 얻어 놓고선
나에게 회사를 그만 다니고 고시텔로 출근하라고 했다.
처음에는 그 황당한 말에 너무도 놀랐다.

나는 말도 안 된다고 했지만,
마치 약속이나 한 것처럼 다니던 회사가 위기에 처하고
그럴 수밖에 없도록 모든 상황이 그 방향으로 흘러가고 있었다.

또 이상한 것은 회사를 그만두는 날짜와 고시텔로
출근하는 날짜가 딱 떨어져 맞았다는 것이다.
그리고 회사에서 정리되어 나온 돈이
고시텔 한 달 운영의 도움이 되면서 어려움도 해결이 되었다.
이 또한 세상의 이치가 짜놓은 틀에 딱 들어맞았다.

우리는 남편과 어찌 이런 일도 있을까 의아해하며
이것은 우연이 아닐 것이라고 지난날을 이야기한다.

어쩌면 우리 쌤이 떠나면서
엄마 아빠에게 고시텔을 하도록 열어주고 간 것은 아닐지
우리는 지금도 같은 생각을 한다.

책에서 보니 그들은 떠나면서 가족을 걱정하여
남은 가족의 살아갈 앞날도 내다본다고 했다.
그러나 다 그런 것은 아니라고도 했다.
특별한 아이가 따로 있다고 했다.

쌤 역시 가족의 앞날을 걱정한 것은 아닐까.
또 이상한 건 고시텔에서 신경 써야 할 일이 있으면
다 해결도 해준다는 것이다.
너무도 우연하게.

쌤이 떠나던 날
고시텔(24번 방) 그 사람도,
예지몽으로 미리 다가올 일을 알려준 것이다.
이를 시작하여 지금도 여전히 도와주고 있는 것을
남편도 알고 있지만, 나는 나만 느껴지는 또 다른
예민한 감각으로 여기에 다 쓰진 않았지만
순간순간 느낄 때가 많다.

또 이상한 건 고시텔 손님들이 들락날락하는 것이
항상 변함없이 꾸준했다.
그러기에 코로나19도 잘 넘어갔다.

아마도 이것은…

의심할 수 없는 우리 쌤의 선물인 것이 틀림없다.

지금도 남편과 나는 우리 쌤에게 고마워하며

남편은 쌤에게 '우리 복덩이 우리 복덩이' 한다.

나는 생각해 본다.

그때는 너무도 황당했지만, 지금의 고시텔이 없었다면

이 어려운 시기에 지금 우리 가족은 어떻게 살아갈까.

남편도 나이가 많아 이제는 직장생활도 저물어가고 있고

나 역시 지금까지 직장생활이 어려웠을 것이다.

지금 생각하니 우리 쌤이 가족을 위해

앞날을 내다보고 도와준 것이 틀림없는 듯하다.

그는 우리 곁에 와서

그동안 많은 웃음과 복을 주면서 가족에게 헌신하였다.

그는 왜 우리에게 많은 복을 주고 갔는지 알 수 없지만

우리 가족은 이것만큼은 서로 공감하며 인정한다.

내가 경험한바 우리 쌤은 우리 곁을 떠나기 전부터

집안의 모든 일을 파악하고 있는듯했다.

또 나중에 알게 된 것이지만

가족을 걱정하며 어떻게 도움을 주어야 하는지

앞날까지 내다본 것은 아닐까.

그저 고마울 뿐이다.

우리 쌤은 가족에게 있어서 어떤 존재였을까.

이것 또한 알 수 없다.

또 생각해 보니

아빠가 지금 이 운영에 소질이 있는 것을 어떻게 알았을까.

아빠라면 아마 고시텔을 잘 운영할 것이라

생각했는지도 모르겠다.

그들은 모든 앞날을 내다본다고도 했으니.

이미 떠나보낸 그들의 반려견마다

각자 나름의 사연은 모두 다를지라도,

떠나면서 가족의 앞날을 걱정한 아이도 분명 있었을 것이다.

믿기 어려울 수도 있겠지만, 우리는

이 모든 일을 우리들의 반려견도 할 수 있다고 믿는다.

또 언젠간 고시텔을 그만둘 때가 되면

너는 아빠에게 마음속 텔레파시로

또 언질을 줄 거로 생각한다.

쌤아…

이렇게 많은 복을 주고 가서 고마워.

항상 너의 깊은 마음을 헤아리며 잊지 않고 살아갈게.

2023년 5월 24일

형아 꿈
도둑으로부터 가족을 지키다

오월의 일요일 아침.
아들과 나는 지난날의 쌤과 즐거웠던 이야기를 나눴다.
그러다 아들은 얼마 전 쌤 꿈(7번째)을 꾸었는데
이제야 생각났다며 꿈 얘기를 해준다.

꿈속 이야기에서…

쌤과 집에 있었는데
갑자기 도둑이 들어올 것 같은 막연한 예감이 들었어.
나는 긴 막대기를 손에 들고 있고
도둑이 들어오길 기다렸지.
드디어 도둑이 문을 여는 순간
쌤은 나보다 먼저 나가서 도둑을 향해 짖었고,
그 도둑은 무서워서 도망갔어.

아들의 꿈 이야기를 들으며
우리 쌤은 여전히 가족을 지켜주고 있다며
오늘 쌤을 많이도 그리워했다.

요즘 엄마 꿈속엔 오지 않아도
형아 꿈속엔 가끔 오고 있다.

쌤이 보기엔 아마도

형아를 아직 보듬어 주어야 하고

그의 위로가 더 필요하다고 생각한 모양이다.

쌤아… 형아를 잘 부탁해.

2023년 5월 21일

우리는 여전히 함께한다

금요일 저녁 퇴근을 앞두고
내 심경에 갑자기 어떤 변화가 오고 있었다.
나는 그 변화에 당황해했다.

무슨 일인지 나는 문득
컴퓨터 안에 있는 쌤 2번째 기일의
꿈속 이야기가 너무도 그리워지고 있었기 때문이다.

갑자기 이게 무슨 일일까.
오늘 그 글을 읽지 않고서는 도저히 퇴근을
할 수 없을 정도로 그리움이 커졌다.
나는 참지 못하고 컴퓨터를 켜야만 했다.

그러나 나는 당황한다.
컴퓨터 안에 우리 쌤 일기가(지금 이 책 속의 글)
어디로 사라져 버리고 없었다!
나는 놀란 가슴을 억누르며 왜 이런 일이 생겼을까
생각하면서 아들에게 전화했지만,
퇴근을 앞두었기에 어떤 답도 얻지 못한 채
허탈한 마음으로 고시텔을 나서야만 했다.

나는 퇴근을 하면서 생각했다.
'쌤아, 엄마에게 이런 상황을 알려주려고 했구나.'
이렇게 알고 가는 것도 다행이 아니던가.
하지만 나는 어떻게 해야 할지 몰라 근심이 쌓였다.

그때 뭔가 느낌이 왔다.
'내일, 토요일 아침에 아빠랑 형아를 고시텔로 불러서
무슨 일인지 봐달라고 하면 돼. 형아는 해결할 수 있어.
그러니 엄마 걱정하지 마.'
쌤이 그렇게 토닥이는 것 같았다.
나는 마음이 차분해진다.

꿈속에서 중요한 메시지는 쌤이 말을 했지만
평소에는 이런 느낌으로도 온다.

이런 느낌들은 항상
바람이 귓가에 속삭이는 것 같다.
나는 우리 쌤을 보내고 육감이라는 것이 생겼다.
아니 어찌 보면 육감이라기보다는
쌤과의 예민한 교감으로 텔레파시 소통일지도 모르겠다.

내가 이런 얘기를 하면 누군가는 비웃을지 모르겠지만
우리 쌤을 보낸 뒤 나는 사랑하는 엄마로서
느껴지는 영적 세상이 있다.

자신의 반려견을 보낸 사람들 역시
어떤 예민한 영적 감각으로
그들의 사랑을 느끼는 분들도 분명히 있기에
이것은 비단 나만 체험하는 일은 아니다.

쌤은 그동안 엄마가 컴퓨터에 자신의
일기를 쓰고 있는 것을 알고 있는듯했다.
그리고 너는 아직도 집안 사정을
다 알고 있는 것도 같아.

엄마는 네가 아주 멀리에 있는 것처럼 느껴질 때도 있지만
또 어떤 날에는 아직도 여전히 우리 곁에서 묵묵히
우리를 지켜보고 있는 것 같은 그런 느낌이 들어.

2023년 6월 2일

타인에 대한 쌤 꿈 이야기

새벽에 쌤에 대한 꿈(19번째)을 꾸었지만
쌤이 꿈속에 온 이야기는 아니다.
이제 그는 꿈속에 오지 않는다.

꿈속에서…

어느 곳인가 전에 본 듯한
넓은 홀에 사람들이 많이 모여있었다.
그리고 나도 거기에 있다.
그중 모르는 사람들도 있고
또 어디선가 본 듯한 사람도 있었다.

나는 어떤 사람과 이야기를 나누는데
이 사람 역시 어디선가 본 듯한 얼굴
그러나 기억날 듯 말 듯 했다.
그렇지만 우리는 분명 아는 사람인 듯하다.
어떤 친근감도 든다.

그 사람은 나에게 한문 글씨가 빼곡히 적혀있는
노트와 일본어 같은 글씨를 보여주는데
우리는 서로 그 내용을 잘 알고 또 이해하고 있는듯했다.

우리는 그 글에 관한 이야기를 나누고 있으면서도
그 사람 역시 나를 잘 알고 있는 것처럼 보인다.

그런데 그 사람은 갑자기 나를 바라보더니 큰 소리로
"나… 쌤을 알고 있어!"
하고 말하는 것이 아닌가.
그 목소리가 얼마나 큰지 나는 꿈속에서 깜짝 놀라며
어떻게 우리 쌤을 알고 있느냐고 물어보자
그 사람은 이렇게 말했다.
"컴퓨터에 쓴 쌤에 대한 일기를 읽었어."

"아니? 어떻게…?
쌤에 대한 글을 어디에도 올리지도 않았는데?"
"난 다 볼 수가 있어."
그는 내가 쓴 쌤의 이야기들에 너무나도 감동했단다.
그 사람은 어떻게 이처럼 감동적인 이야기들이 있느냐며
우리 쌤을 칭찬하면서 위로하듯 나를 지그시 바라보았다.

나는 그 순간 다정한 목소리에 쌤이 그립고
또 슬퍼서 그만 울고 말았다.
그 사람은 나의 어깨를 다독이면서
울지 말라고 당신 강아지는 잘 있다고 했다.
나는 그 말에 다시 목이 메 울먹였다.

나는 그중에 어떤 글을 읽어 보았느냐며 물어보려는데

그는 고개를 끄덕이더니 살며시 사라져갔고
나는 꿈에서 깼다.
꿈속의 그 사람은 누구였을까.

잠에서 깨고 나니 내용만 생각나고
그 사람 얼굴은 전혀 생각이 나지 않았다.
요즘 쌤이 꿈속에 오지 않지만 누군가가 꿈으로
우리 쌤이 잘 있다고 소식을 전해주려고 온 것은 아닌지
너무도 신기한 꿈이기도 했다.

나는 여기에서 또 궁금하다.
그동안 내가 자고 있을 때 꿈인 듯 허공인 듯
누군가가 나에게 말을 할 때면
그 목소리는 아주 쩌렁쩌렁 울리기도 했다.
이 꿈 역시 그랬다.
이런 꿈들은 무엇일까.

오늘 보니 쌤이 떠난 지 2년 8개월 25일 되었다.
이제 쌤은 꿈속에 오지 않지만
대신 어떤 타인이 꿈에 와서 네가 잘 있다고 전해준다.
그들은 누구일까.

이처럼 고마운 꿈도 있었다.

2023년 7월 19일

꽃밭에 흰나비 한 마리

쌤아, 함께했던 꽃밭에 요즘 백일홍이 예쁘게 피었단다.
나는 꽃밭에 있으면 항상 쌤 생각이 나.
이 꽃밭은 우리의 행복했던 추억이기도 하니까.

그런데 올봄 언제였던가.
기억나지 않지만,
꽃밭에 있는 흰나비 한 마리를 지금껏 보고 있어.
처음에는 '나비가 꽃밭에 놀러 왔네?' 그랬지.
그러나 9월이 가고 있는 지금까지도 늘 변함없이
내가 꽃밭에 있으면
어디선가 날아와서 내 주변을 맴돌고 있어.
나를 하루 종일 기다렸다는 듯 말이야.

쌤아, 나는 이제야 뭔가 어떤 의미를 생각해 봤어.
이것은 우연이 아닐지도 모른다고 말이지.
저녁에 퇴근해서 꽃밭에 와도 여전히 흰나비 한 마리는
어디선가 나에게 와서 주변을 뱅뱅 맴돌아.
그러면서 엄마 손에 닿을까 말까 하며 나와 노는 것 같기도 해.

그때 지나가던 동네 아줌마가
"웬 나비가 이 저녁에 옆에 있지?

327

참 보기 좋네. 아주 잘 어울려." 하며
웃으면서 지나가기도 했어.
나는 그 말이 왠지 기분이 좋았지 뭐니.

※

영적인 세상에는 나비가 많이 등장한다고 한다.
'내가 지금 옆에 있어.' '나 또한 잘 지내고 있어.'
그런 뜻이라고 했다.

의미는 모두 다르지만
나름대로 어떤 메시지를 전한다고 한다.
그 증표로 저승에서 나비 한 마리를 보낼 수 있는 것은
어려운 일이 아니라고도 했다.

사랑하는 그들이 평소에 어떤 새를 좋아했다면
그 증표로 저세상에서 그 새도 보낼 수 있다고 하였다.
그리고 그들은 간절히 바란단다.
사랑하는 이들이 알아채 주기를.

우리 쌤도 '엄마 지금 내가 옆에 있어.' 하고
하늘나라에서 흰나비 한 마리를 항상
엄마에게 보내고 있는 건 아닐까?
그런 생각도 해본다.

'꽃밭에 백일홍꽃이 많이 피었지?
쌤아, 자주 놀러와.'

2023년 9월 20일

마지막 추석을 함께하며
너의 아모향수

오늘은 추석을 지낸 지 이틀 지났지만
연휴가 6일이나 되니 아직은 추석이다.
이런 명절에는 뭔가 마음이 꽉 차 있는
행복한 명절을 보내면 좋겠지만 또 살아가는 인생에서
그 누군가와 원치 않은 이별을 한 상태라면
명절이라고 그리 좋은 것만은 아니었다.

이것은 시간이 흘러도 여전히 우리들의 기억 속에서
함께 살아가면서 더 깊은 그리움의 명절을 마주하게
된다는 것도 느꼈다.
그러나 우리는 이것 또한 받아들이며 묵묵히
살아가고 있다.

나는 이런 빈자리의 명절을 보내고 있으면서
아침 산책 중에 오늘따라 청명한 하늘이 더 높아 보인다.
그런 하늘을 바라보며 '이제 곧 우리 쌤 기일이 오겠구나.'
혼잣말을 하고 있을 때 어렴풋이
지금 누군가가 내 옆에 있는 것도 같다.

이런 묘한 감정에서 쌤이 느껴지는 듯하더니
갑자기 우리 쌤이 보내오는 아모향수를 맡았다.

오늘도 또 우리의 텔레파시가 서로 통했다.

아마도 추석이니 그는 엄마에게 왔나 보다.
나는 갑자기 코끝이 찡하며 가슴에서
슬픈 울림이 느껴진다.
아마도 엄마는 오늘
또다시 그리움을 타고 있는 것은 아닐까.

나는 촉촉한 눈시울로 하늘을 바라보며
"쌤아… 쌤아…" 불러본다.
또 추석이니 네가 보고 싶은 게 당연했기에
엄마는 오늘 너의 아모향수를 은근히 기다렸는지도 모르겠다.
그 사연은 모두 다르지만 다른 부모들도
자식을 기다리는 마음이 이러하지 않을까.

그동안 쌤은 꿈속에 오지 않았지만
이번 추석에 엄마를 찾아와 아모향수를 뿌려주었다.
그러나 슬프게도 그날 이후에
이 아모향수를 나는 더 이상 느끼지 못했다.
이번 추석이 우리의 마지막 아모향수가 되고 말았다.

아마도 그는 이제 우리 곁을 떠나갔나 보다.
그는 이번이 마지막 향수라는 걸 알고 찾아오지 않았을까?
그날 엄마를 바라보는 마음 또한 애틋했을 것을 생각하니
나는 다시 눈시울이 뜨거워지고 있지만,

이제는 엄마가 슬퍼하지 않고
담대하게 보내주길 쌤도 바랄 것이다.
그렇지만 지금까지 그의 사랑을 보면
그곳에서도 언제나 가족을 지켜볼 것이다.

'쌤아, 그동안 고마웠어.'
우리의 인연은 너무나 귀한 인연이었기에 너를 잊으려고 해도
잊지 못할 것이니 언제나 우리는 함께하게 될 거야.

이제는 그곳에서 우리 걱정하지 말고
행복하게 잘 지내렴.
우리는 언제까지나 너를 잊지 않고 살아갈게.

엄마가 너를 가슴으로 또다시 보내며…

2023년 10월 1일 (마지막 너의 향수)

형아 꿈
마지막 꿈속의 재회

이어 추석 마지막 연휴
우리는 쌤의 마지막 꿈(8번째) 이야기를 나누게 되었다.

형아 꿈속 이야기에서…

아마도 저녁 무렵인가.
꿈속에서는 우리 여섯 식구가 다 있다.
엄마는 부엌에 있는 것이 보이고,
쌤은 아주 신이 나서 온 방을 뛰어다닌다.
그러다 쌤은 아빠에게 가서 장난도 치고
또 형아에게 와서 놀기도 했다고 한다.

우리는 그런 쌤을 보며 즐거워하고 있고
또 좋아서 웃기도 한다.
우리 가족은 지금 너무도 행복해 보인다.
그런 시간이 얼마나 흘렀을까.
이번 꿈에서는 쌤이 하늘나라로 간 것을 모르고
아들은 이 행복한 꿈에서 깨었다고 했다.

아쉬운 듯했지만
나는 정말 좋은 꿈을 꾸었다며 아들과 함께 기뻐했다.

우리는 쌤 꿈 이야기로 추석 마지막 연휴를 함께 보냈다.

우리 쌤은 이번 추석에도
형아를 잊지 않고 꿈속에 보러 와줬다.
그러나 이것 또한 나중에 안 것이지만
이 꿈 역시 형아에게도 마지막 꿈이 되었다.

쌤은 형아를 많이 좋아했나 보다.
형아 꿈속에 제일 먼저 찾아왔고
가족 중 제일 마지막까지 형아 꿈속에서 함께했다.

그는 마지막 여정을
형아 꿈속에 와서 우리 가족과 함께
행복한 추석 명절로 보내고 싶었던 모양이다.

그런 생각에 나는 가슴이 짠해 오고
눈시울이 촉촉이 젖어 들었다.
그 또한 가족을 떠나가며 우리처럼 마음 아팠겠지만
이 꿈 역시 그가 계획했을 것이다.

이제는 우리가 슬프게 또다시 헤어지고 있지만
쌤은 하늘나라에서 행복하게 잘 지낼 것이고
그곳에서도 언제나 그는 항상 그렇듯
우리 가족을 잊지 않을 것이다.
이제 그는 우리 곁을 영영 또다시 떠나갔다.

'쌤아, 그동안 형아 꿈속에도 많이 와줘서 정말 고마워.'

항상 그렇듯이 꿈이든 메시지든 서로
연결되어 있음을 또다시 느낀다.
뜻은 다르지만 서로 마지막이라는 것이 같았다.

우리 쌤이 영혼으로서 가족과 함께한 시간을 보니
2년 11개월 9일째 되는 날이다.
그는 3년이 되는 기일을 조금 앞두고
우리 곁을 아주 떠나갔다.

'쌤아, 안녕이란 말은 하지 말자.
우리는 또다시 만날 수 있을 테니까.'

2023년 10월 3일

3부를 정리하며

쌤은 여전히 3부에서도
향수로 엄마를 찾아오고 있었고
때로는 어떤 신비한 느낌으로
아직 가끔은 가족 주변에서 느끼고는 있었다.

여러 책 속에는
내가 많이 궁금해하던 꿈에 대한 이야기도 있었다.
아이들이 어떻게 꿈속에 많이 올 수 있는지에 대해서 말이다.

그것은 서로 하나로 이어진 사랑의 힘이라고 했으니
그가 꿈속에 많이 올 수 있었던 것은
아마 나의 새벽기도 덕분은 아닐까도 생각해 보았다.
이 생각이 맞다면 우리들의 반려견이 떠난 뒤에 한동안은
우리가 그들을 위해 기도해 준다면 좋을 것도 같다.

내가 그동안 느꼈던 신비한 체험들에 대해서도 알고 보니
그것은 내가 경험했던 것과 같기도 하고 또 많이 비슷했으며
다르다고 해서 이상한 것도 아니었다.
왜냐하면 아이마다 보내는 신호는 다를 테니.
그리고 느끼는 감정 역시 다를 테니.

그동안 내가 우리 쌤에게서 느낀 바로는
무지개다리를 건너갔다고 해서 끝이 아니었다.
그 차원에서도 긴 시간을 왕래하며
우리 가족과 많은 시간을 또 함께하였다.

그러던 그는 3년이 다 되어가는
기일을 얼마 앞두고 우리 곁을 영영 떠나갔다.
또 그들이 우리 곁에서 사랑받고 싶어 한다고 했으니
사랑받기 위해서 많은 시간을 함께한 것일 수도 있지만,
슬퍼하는 가족이 걱정되어
우리 주변에서 지켜보고 있었던 것은 아닐지
그런 생각도 해보게 된다.

다르게 생각해 본다면
그들 역시 하루아침에 정을 끊기도 힘들었을 것이고
우리와 마찬가지로 그들도 가족의 사랑을
정리할 시간이 필요하지 않았을까도 싶다.
그러니 금방 떠나기가 쉽지 않았을 것이다.
그렇다고 이런 생각이 맞다는 것은 아니다.
이것은 당연히 내 생각일 뿐이며
그저 그들 입장에서 한번 생각해 본 것뿐이다.

우리가 함께할 때 만들어진 사랑의 크기 따라
그들이 떠나가는 시간도 차이가 있을 수 있다고 했으니
이미 떠난 그들을 그저 지켜볼 수밖에는 없다.

그렇지만 에너지가 넘치고 그곳에서의 삶이 행복한 듯하니
아무 걱정할 필요가 없지 않을까?
쌤은 꿈에서 말한 대로 몇 번은 더 꿈에 왔지만
엄마를 걱정하는 모습이 마지막 꿈이 되었다.
그러나 그 후 꿈에 타인이 등장해서
반려견 쌤이 잘 있으니 걱정하지 말라고도 전해주었다.
이 꿈 역시 너무 신기했다.

쌤이 떠나고 3번째 추석을 맞이하였을 때
그는 엄마에게 향수로 다시 찾아왔고,
형아에게도 행복한 꿈으로 찾아왔었지만,
이번 3번째 추석에 우리 가족에게 찾아온 것이
마지막 방문인 것을 알게 되었다.

우리는 너무도 슬펐지만,
그도 이제는 그곳에서 행복할 것을 알기에
이 또한 아무것도 걱정할 것은 없다.
언제나 그가 행복하기를 기도할 뿐이다.

그 후 많은 시간이 지난 지금까지
그는 내 꿈속에 오지 않았고
엄마에게 보내왔던 그만의 아모향수도 다시는 맡지 못했다.
또 형아 꿈속에도 더 이상 오지 않았다.
그러면서 내 주변에서 일어났던 그 어떤 현상들도

그 후에는 다시 느끼지 못하게 되면서
이제는 모든 것이 잠잠했던 옛날로 돌아가 있었다.

그는 정말 떠나갔나 보다.
너무도 조용하고 허탈한 것을 보니
서운함에 눈물도 나지만,
보내줘야 한다는 것도 이미 알고 있었다.
그러나 그는 묵묵히 어디서나 가족과 함께한다는 사실을
나는 안다.

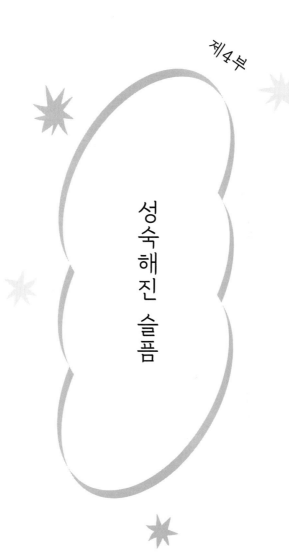

제4부

성숙해진 슬픔

우리 쌤 3주기를 보내며

은행잎이 노랗게 물들면 너의 기일이 돌아와.
이미 모든 만물은 알고 있다는 듯 엄마 마음을 위로하지.

오늘 밤,
너와 마지막 길을 걷던 이 길엔
그때의 울먹이던 엄마의 슬픈 목소리는
어둠 속에 들리지 않고
쓰럭쓰럭 외롭게 낙엽 떨어지는 소리에
외로운 듯 눈물이 흘러.

그러나 나는 슬픔 속에서도 혼자가 아닌 것 같은
어떤 잔잔한 사랑이
나를 안은 듯 위로하고 있지.

'엄마… 내가 지금 옆에 있어.
그러니 외로워하지 마….'
너의 속삭이는 소리가 바람을 타고 들려오는 듯해.
그래 쌤아, 잘 지내고 있니? 엄마야.
네가… 너무너무 보고 싶구나.

덧없는 시간 속에 3주기를 마주하고 보니

아주 멀리에서 우리는 추억 속에만 머물러 있고
세월은 이제 우리를 잊은 듯하구나.

이것은 어느 날 밤 꿈인 양⋯
따뜻하고도 슬픈 바람이 한때 내 가슴에
또 가족 가슴에 스쳐 지나간 것처럼 느껴지니
아직도 엄마는 너의 꿈을 꾸고 있는 걸까?
아니면 이것은 환상 속에 지어낸 이야기일까?

한낮 꿈같은 시간 속에서 우리를
기억하지 못한다 해도, 어디선가 불현듯
지난날 우리의 즐거웠던 날들이 엄마의 마음에 생생하게 다가와.
그러니 아무것도 걱정할 것 없단다.
지난날 엄마가 너를 너무나 아프게 보냈지만
세월이 이만큼 지난 지금 또 다른 관점에서 본다면
너는 시간도 없고 끝도 없는 무한한 그곳에서
잘 지내고 있을 거라는 걸 엄마는 알아.
그곳이 모든 이들의 고향이라고 하니까 말이야.

엄마는 네가 잘 지낼 거라 믿어.
너의 행복한 모습이 오늘 밤도 저 멀리에서
반짝반짝 별 사이로 비추고 있다고.
이제는 그곳에서 가족 걱정하지 말고 잘 살아가렴.
그것 또한 엄마의 바람이야.

우리의 사랑은 언제나 영원하니
우리는 아무것도 잃은 것이 없단다.
시간이 저만치 흘러가면
우리는 또 언젠간 만날 것이고
함께하게 될 테니까 말이야.
그리고 더 많이 사랑하게 되겠지.

너의 3주기를 보내며…

2023년 10월 24일

새벽 별을 보며

그리움에 난 복도에 나와 밤하늘을 보니
새벽을 맞이하는 별들은 속삭임에 정답고
우리가 함께했던 복도에는 새벽 찬바람에
쓸쓸함이 서리는구나.

때로는 네가 멀리 있는 것처럼 느껴지고
또 때로는 어제 일처럼 느껴지고
또 때로는 오늘 아침처럼 느껴지니,
때로는 슬프기도 하고
또 때로는 함께 있는 것도 같구나.

"아구아구 예뻐라!" 하며 너를 안고 숨결을 느끼던
행복했던 지난날은 간 곳이 없고
앞 화단 길에는 여전히
우리의 그리움들이 묻어나고 있어.
"쌤아, 빨리 와." 하고 엄마가 외치던 소리가
이제는 들리듯 안 들리듯 고요만이 흐르고
그때 그날처럼 새벽 동은 밝아오겠지.

우리 쌤 짖는 소리도 이제는 귓가에
들리듯 안 들리듯 저 멀리 아련해져 가지만

가끔은 어디선가 희미하게 들려오는 너의 메아리.

멍 멍 멍… 멍 멍 멍…

우리 쌤 짖는 소리가
엄마 귀에는 여전히 들려…

2023년 10월 24일 새벽

기일 새벽 돈벼락 맞았어

우리 쌤 기일 새벽 나는 꿈(20번째)을 꾼다.
이 꿈 역시 쌤이 직접 온 것은 아니다.

그렇지만 자기 기일을 잊지 않았다.
꿈속에서 나는 어느 거리에 나와 보니
아주 많은 사람이 오가고 있었다.
나도 그 사람들과 어디론가 함께 가고 있나 보다.
나는 어디로 가는 걸까?

그때 어떤 사람이 나에게 오더니
누가 내 돈을 가지고 도망간다고 했다.
'음. 나에게 돈이 있었나?'
하지만 나는 그 말에 있는 힘을 다해 뛰었고,
드디어 어느 집에 도착하였다.
거기에는 정말 어떤 여자가 많은 돈을 가지고 있었는데
그 돈이 글쎄… 내 돈이라고 한다.

그 여자는 돈을 나에게 돌려주면서 아쉬운 듯
조금만 달라고 말했다.
같이 있던 그 여자의 언니가 돈을 다 돌려주라고 하니
그 여자는 말없이 돈을 다 건네주었다.

주위를 둘러보니 많은 사람이 모여있고
그들은 서로 웅성웅성하며 말하기를
"세상에! 저렇게 많은 돈은 처음 보았어." 하며
놀라고 있었다.

어머, 그런데
다들 나를 쳐다보며 그러는 것이 아닌가.
나도 내가 안고 있는 돈을 보니 세상에 사람들이
"아휴, 몇십억이지."라고 한다.
'아니 어떻게 이 많은 돈이 내게 있었지.'
나도 그 많은 돈을 보고 꿈속에서 깜짝 놀랐다.
하지만 나는 서서히
이 돈이 내 돈이었음을 기억해 냈다.

내 옆에는 남편도 있었다.
우리는 돈을 안고 좋아서 어쩔 줄 몰라 하는데
돈을 건네준 사람이 이렇게 많은 돈을
어디다 쓸 거냐고 물어보았다.
남편과 나는 집을 살 것이라고 말했다.

사람들은 우리를 부러워하면서도
모두 다 우리를 축복해 주었다.
나는 사람들의 축복을 받으면서 행복한 꿈에서 깨었다.
'이건 돈벼락 꿈 아니야?'
나는 꿈을 깨어나서도 놀랐다.
꿈이지만 어떻게 그 많은 돈을 가슴에 안을 수 있었는지.

이런 꿈은 정말 기분 좋은 축복의 꿈이다.

시간을 보니 2023년 10월 24일 새벽 2시 35분이었다.
오늘 새벽 5시가 우리 쌤 기일인데
너무도 좋은 꿈을 꾸었다.
엄마 인생에 제일 슬픈 날
이렇게 기분 좋은 꿈을 꾸다니.
이것이 우연한 꿈일까?
아닐 것이다.

항상 책에서는 말한다. 우연이란 없다고.
무슨 꿈인지는 지금은 모르지만, 시간이 지나고 보면
앞의 꿈들처럼 또 꿈에 대한 메시지를 알게 되겠지.

이 꿈 역시 그냥 꾸는 꿈은 아닌 듯 보인다.
이 꿈에도 꼭 이유가 있을 것이다.
아마도 우리 가족은 쌤의 사랑에
많은 복을 받으려나 보다.
그러면서도 이 꿈 역시 너무도 생생했다.

'쌤아, 돈벼락 꿈 선물 고마워.'
이번 기일에 우리 쌤은 직접 꿈에 오지 않았지만
이렇게 엄마에게 꿈에서 큰돈을 선물로 안겨주었다.

고마워 쌤아…

2023년 10월 24일

쌤 소식

가을 낙엽.
창밖을 보니 빨간 단풍잎 하나.
어느새 친구들은 예쁜 색동옷 갈아입고
다 떠나갔는데,
너는 무슨 미련이 남아 예쁜 옷 갈아입고도
아직 떠나지 못하고 있니?
누구를 기다리느냐.

바람에 떨어질 듯 말 듯
어쩌면 너는 오래 견디기 어려워 보이는구나.
얘야, 모든 걱정일랑 그저 낙엽 속에 묻어두고
너도 그냥 떠나가려무나.
모두 다 그렇게 한세상 살다 가느니.

얘야, 이왕이면 웃으면서 가려무나.
그곳은 아주 좋은 곳이라고 하니까.
그러니 뒤돌아보지도 말고.

혹… 저세상에 가서
우리 사랑하는 예쁜 쌤을 보거든
엄마 소식 좀 전해줄래?

엄마가 많이 그리워한다고 말이지.

추운 겨울이 지나고 따뜻한 봄이 되면
너는 또 연둣빛 아기 옷 갈아입고 이 세상에 올 때
저 너머 우리 쌤 소식도 가지고 와주렴.

쌤은 어떻게 지내고 있는지
또 엄마에게 하고 싶은 이야기는 없는지
어떤 소식이라도 좋으니
꼭 우리 사랑하는 쌤 소식 좀 전해주렴.

※

오늘만 같기를

너를 떠나보낸 지 3년이 넘은 시간
아련히 멀어져가는 너의 얼굴 속에서
잡힐 듯 안 잡힐 듯
너에게 향한 애달픈 그리움
더하면 아프고 덜하면 멀어질까 두려우니

딱…
오늘 밤만 같았으면 좋겠다.

2023년 11월 17일

슬픈 까치 이야기

어느 영적인 경험 이야기이다.
지난여름 어느 날인가.
까치 부부 두 마리가 나를 따라다니며
계속 울어대고 있었는데, 나는 그들에게서
어떤 안쓰러운 느낌을 받지만 알아차리지 못한다.

재들은 왜 저러는 걸까.
"야, 나 너희들한테 나쁜 짓 안 했어."
그렇게 말했지만
그들이 알아들을 리 만무했다.

또 하루가 지나고 일요일이 되었다.
내가 밖에 나가니 기다렸다는 듯
어디선가 까치 부부는 느닷없이 또 날아와
여전히 나를 못살게 했다.

"내가 뭐 어쩌라고. 말을 해봐… 얘들아."
정말이지 나의 정신을 쏙 빼갔지만
또다시 무시할 수밖에 없는 일이 아니던가.

나는 길냥이 물을 갈아 주기 위해

아파트 놀이터 수돗가에서 물을 받고 있었는데,
까치가 그곳까지 따라와 절박한 듯 더욱 요란하게
더욱 크게 울어대고 있는 것을 보면서 걱정됐다.

나는 까치들이 울고 있는 나무를 우연히 올려다보자
그중 까치 한 마리가 밑으로 향해 날며
나의 시선을 그리로 끌고 갔다.

나는 시선을 따라 무심코 나무 밑을 보니
까치 새끼 한 마리가 가엽게도 죽어있는 것이 아닌가.
"저런, 어쩌다 이렇게 되었니?" 하며
집으로 가서 삽을 가지고 올 때까지
까치 부부는 자리를 떠나지 않았다.

그들은 내가 다시 그곳에 올 것도 알고 있었다.
나는 나무 밑에 이 가여운 까치 새끼를 묻어 주자
까치 부부는 가만히 지켜보며 울지 않았다.

"얘들아, 너희들이 많이 슬프겠구나.
이제 너의 가여운 아가를 묻어 주었으니 울지 마."
까치에게 위로의 말도 전한다.

나는 지금 까치 부부의 마음이
얼마나 아프고 슬플지 가슴으로 느껴졌다.
새나 사람이나 자식을 바라보는 심정은 같을 것이기에

저렇게 나무 위에서 떨어져 죽었으니
그동안 그 마음은 많이도 아팠을 것이다.

그들은 그런 절박함 속에서도
다른 사람이 아닌 왜 나를 기다렸을까?
아가를 묻고 나자, 까치 부부는 어디로 날아가 버렸고
더 이상 울음소리는 들리지 않았다.

이상하게도 저들은
내가 자기 새끼를 묻어줄 사람이라는 사실을 이미 알고 있었다.
그동안 죽어있는 새나 비둘기들을 묻어준 적은 있지만
까치 부부는 그것을 어떻게 알고 있었을까?

얘들아, 한동안 많이 슬프겠구나.
그러나 씩씩하게 잘 살아가렴.
또 살다 보면 기쁜 날도 있을 테니.

알고 보면 이 세상에는 슬픈 이들이 많단다.

2023년 11월 19일

죄책감

나는 우리 쌤을 보내고 많은 죄책감을 느꼈다.
그것은 잘했든 못했든
못해 준 것이 더 많이 떠올랐기 때문이다.

아마 아이를 보낸 사람이라면 그들 역시
어떤 작은 죄책감이라도 느꼈을지도 모른다.
또 우리와 다르게 대다수 사람은
그런 개념 자체가 없는 사람들도 있었고,
내 주위에 어떤 사람들은 자신은 정말 잘해서 보냈으니,
죄책감이 없다고 하는 사람도 있었다.

이것 또한 사람마다 다른 것을 보니
모두 죄책감을 느끼는 것은 아닌가 보다.
정말 그들은 잘해서 보냈기에 죄책감이 없는 것일까.

우리가 함께할 때는 누구나
나중 일들을 생각하지 못하며
우리가 그들을 떠나보내고 나서야
평소에 느끼지 못한 것이 아픔으로 다가오고
어떤 크나큰 죄책감되기도 한다.

조금이나마 죄책감을 줄일 수 있는 방법은
그들을 평소에 잘 대해주고 잘 살피는 것이다.
우리는 왜 이런 단순한 진실을 그들을 보낸 뒤에야 깨닫게 될까?

이 글에서 독자분들은
나보다 더 많이 자기 반려동물을 사랑하고 또 사랑할 것이지만,
그러면서도 더 많이 사랑해 주지 못했다며
후회하는 사람들도 분명히 있을 것이다.

그러니 우리는 항상 우리 입장에서만 생각하지 말고
그들의 입장에서도 생각해 봐야 한다.
그들에게서 받는 나의 행복만 생각하지 말고
지금 우리의 반려동물이 얼마나 행복할까를
가끔은 그들의 마음을 살펴야 하는 것도 우리다.

내 입장에서 겪은 일들을 생각해 보면
그들이 똑똑하다고 해서 그들이 원치 않을 때도
무언가를 자꾸 그들에게 요구하는 사람들도 있었다.
그것을 보았을 때 나는 기쁘다기보다는
어떤 짠함이 느껴지면서 마음이 편치 않았다.

왜냐하면, 그들은 하고 싶어도 하기 싫어도
항상 주인의 눈치를 살피고 있기 때문이다.
그들이 눈치를 보지 않게 해주는 것이야말로
우리의 진정한 사랑이자 그들의 진짜 행복이 아닐까?

그들에게서 무엇을 바라겠는가?
그들이 그냥 우리 곁에 있는 것만으로도 우리는 행복하다.
아직 그것을 느끼지 못했다면
그들이 떠난 뒤에 죄책감이 올지도 모른다.
죄책감이 없을 거라고 단정하는 그 누군가가 있다면
그들이 우리 곁을 영영 떠나버린 뒤에는 생각이 바뀔지도 모른다.

나중에 후회할 일을 만들지 않을 방법 또한
당연히 우리의 일상 속에 스며들어 있다.

우리는 그들을 정말 많이 사랑한다.
그러나 그들이 우리를 더 많이 사랑한다.

그러니 그들이 떠난 뒤에 올 시간을 생각하면서
우리는 죄책감을 줄일 수 있는 잘못된 습관이 있는지를
살펴보는 것이 지금 우리가 해야 할 일이다.

우리에겐 그것이 제일 중요하다.

성숙해진 슬픔

우리 쌤을 보내고 4번째 봄을 맞았다.
언제 이렇게 시간이 가는지
나는 오늘도 쌤 사진을 챙기고 벚꽃 구경을 나선다.
'올해는 벚꽃이 일찍 폈나?'

여전히 마음에선 벚꽃처럼 활짝 드러내 놓고
좋아할 수 없는 슬픔들은 아직도 가슴에 깔려있다.
계절의 감각을 잊은 듯 올해도 이런 날이
나에겐 낯설기만 하면서
이것은 사랑하는 그들이 떠난 뒤의 뒷모습이었다.

쌤을 보내고 4번째 봄을 맞고 보니
그동안 계절의 변화에서 성숙해진 슬픔을 느낀다.
나는 슬픔도 나이를 먹는다는 것을 느끼게 되면서
그동안 슬픈 감정 속에는 지난날 쌤에게
더 잘해주지 못한 어떤
나 자신에 대한 분노도 있다는 것도 알았다.

죽음이라는 경계에서는 그 무엇도
다시는 되돌릴 수 없다는 사실을 알았을 때,
사람이 미친다는 것이 또 이런 것임을 알면서

방방 뛰고 싶은 그것에는
나 자신을 훈계하고 싶은 또 하나의 분노였다.
이런 분노도 있다는 것을 알았을 때 가슴을
찢어버릴 듯한 나의 좌절감도 있었다.
어쩌면 이런 일들은 나만의 일은 아닌
또 누군가의 일이기도 할 것이다.

누구나 사랑하는 이들과 이별할 때
잘 보내고 싶어 하지만, 우리 마음과 다르게
다른 방향으로 흘러갈 수도 있다는 걸 알았다.
우리가 함께할 때는 우리 아이와 어떻게 이별하게 될지
알지 못한다.

내가 아이를 보내고 보니
그들에게 어떤 사정이 있다 할지라도
마지막을 옆에서 함께하는 것이
떠나가는 아이에게 제일 좋은 일이라고 생각했다.
그때 우리 쌤을 보니 엄마 무릎에서
또 가족들 앞에서 평온하게
떠나는 것을 보았을 때 그것은 참 좋은 듯했다.

이제 지난 아픔 속에서 시간이 지나고 나니
그 아픔의 응어리들이 뭉치고 또 뭉쳐서 큰 덩어리가 되어
가슴 깊은 곳에 쌤에 대한 추억의 방이 자리 잡았다.
그것은 아주 단단하면서도 성숙하고 친숙한 어떤 깨달음이었다.

이제야 세상 속에서 세월의 흐름을 발견한 느낌이랄까.
그렇게 나는 슬픔도 아픔도 성숙해 가고 있으면서
오늘 벤치 귀퉁이에서 동네 지인을 만났다.
나이도 나와 비슷하고 잘 알지는 못해도
그가 착한 사람이라는 건 그동안 느껴왔다.

내가 쌤을 보내고 슬퍼하는 동안
그 사람도 두 아이를 보냈다는 소식은 듣고 있었지만
각자 아픔 속에서 대화를 해본 적은 없었다.

그러나 우리는 오랜만에 만나고 보니 반가움에 손을 내밀고
벚꽃이 한창 만개한 밑에 앉아 커피를 마시며
우리는 지난날 아이들의 이야기도 한다.
지금 그들이 얼마나 그리운지 또 보고 싶은지
서로 이야기를 하며 그 지인은 나에게 눈물을 글썽이며
꽃 피는 봄이 싫다고 했다.

다시 말하면 봄이 싫다는 것이 아니고
오늘같이 화창한 날엔 아이들이 더 많이 생각나서
꽃 피는 봄이 슬프다는 것이었다.

나 역시 오늘 같은 날, 마냥 좋아할 수 없는 이것은 아마도
아이들을 보낸 우리들의 이야기인 것이다.
같은 마음을 벚꽃 아래서 공유하고

우리는 씁쓸한 웃음을 짓는다.

하지만 내가 느끼기엔 그 사람의 깊은 슬픔의 속마음은
보이지 않은 것 같았다. 그도 그럴 것이,
자기만의 깊은 아픔은 혼자 간직하고 싶어 했다.

그것 또한 이해가 갔다.
나도 많은 이야기를 나누지만 말 하고 싶지 않은
나만의 어떤 것도 있었다.
아마 더 치유되었다면 더 깊은 이야기를 나눴을까?
누구나 아이를 보냈다면
깊은 마음을 내보이지 않는 것은
오랜 세월 뿌리 깊은 우리들의 정서에서 올 수도 있다.

우리는 서로 아픔을 겪으며
슬픔도 성숙해진다는 것을 배워가면서
이제는 조용하고 차분하게 밀려오는
쌤에 대한 그리움을 받아들인다.

또 앞날의 어떤 변화에서
언젠간 네가 잊혀지진 않을까 하는
그런 두려운 마음도 있지만,
이 엄마는 너를 잊지 않을 것이다.

이제는 성숙해진 가슴으로 살아가야 한다는 것을 배웠고

이것이야말로 내가 살아가며 느끼는 또 하나의 깨달음이었다.

그러나 우리는 너희들이 있어 행복하다.

쌤에게 마지막 글을 쓰며

엄마는 어두운 복도에 나와
오늘도 새벽하늘을 보고 있노라니
또다시 가을을 알리는
구슬픈 귀뚜라미 소리가 들려.

지난날 하루도 떨어질 수 없었던 우리는
벌써 만 4년이란 세월 속에서
또다시 5년을 향해 가는구나.
쌤아, 정말 세월이 많이도 흘렀지?

그렇지만 엄마는 다 기억하고 있어.
네가 얼마나 사랑스러웠는지
또 그때 네가 어떤 모습이었는지
너를 보낼 때 내 심정은 어떠했는지…
모두 여전히 엄마 가슴속에 그대로 있어.

쌤아, 너의 허락도 없이
너와 함께했던 이야기들을 책으로 쓰고

벌써 마지막 글을 쓰고 있단다.
너는 어떻게 생각할까?

엄마가 너의 허락을 받지는 못했지만
너도 좋아했으면 좋겠어.
아니 어쩌면… 너도 벌써 알고 있는지도.

너의 신비스러운 이야기가
슬퍼하는 그 누군가에게
도움이 되었으면 하는 마음에서 쓰게 되었어.
쌤아, 엄마가 잘한 거겠지?
그러나 이제는 너의 4번째 기일을 보내면서
이 글을 마치려고 해.

이제 엄마는 이 글의 모든 것을 가슴에 묻고
너를 만나러 갈 때까지 함께할 거야.

또 우리가 헤어진 시간이 흘러
이쪽 세상에서는 자꾸 멀어져 가는 것 같지만,
저쪽 세상에서 보면 엄마는 너를
하루하루 만나러 가고 있구나.
너를 만나러 가는 길이 얼마나 멀고 먼 길이고
얼마나 외롭고 쓸쓸할지도 알고 있어.
그러나 엄마는 그 길 역시 묵묵히 걸어갈 거야.
너를 만나러…

'쌤아, 그동안 정말 고마웠어.'

사랑하는 엄마가⋯

2024년 10월 24일

독자분들께 마지막 글을 남기며

이 글을 읽어주신 분들에게
감사의 말씀을 전합니다.
이 글을 읽고 느끼는 감정은 사람마다 다르겠지만
또 한 번 감사의 말씀을 전해봅니다.

우리는 사랑했던 아이를 보내고 깊은 슬픔 속에서
그들을 얼마나 그리워하는지도 잘 알기에
반려견을 보내고 슬퍼하는 이들이 있다면
이 글을 통해 조금이나마 도움이 되었으면 하는
마음에서 썼습니다.

많은 위로가 되었으면 합니다.

그리고 저는 이 글에서 저의 아픔과 슬픔을
다 풀어내지는 못하였지만,
어쩌면 우리는 이 글보다
더 많이 아프고 더 많이 슬플지도 모릅니다.

이 책을 읽어주신 분들에게
고마운 마음을 전하며 이 글을 마칩니다.

감사합니다.

슬픔에도 사랑이

김희정 지음

발행처 도서출판 **청어**
발행인 이영철
영업 이동호
홍보 천성래
기획 육재섭
편집 이설빈
디자인 이수빈 | 김영은
제작이사 공병한
인쇄 두리터

등록 1999년 5월 3일
  (제321-3210000251001999000063호)

1판 1쇄 발행 2025년 1월 30일

주소 서울특별시 서초구 남부순환로 364길 8-15 동일빌딩 2층
대표전화 02-586-0477
팩시밀리 0303-0942-0478
홈페이지 www.chungeobook.com
E-mail ppi20@hanmail.net

ISBN 979-11-6855-314-9 (03810)

이 책의 저작권은 저자와 도서출판 청어에 있습니다.
무단 전재 및 복제를 금합니다.